精選希臘神話

〔德〕古斯塔夫·施瓦布 著

商務印書館

精選希臘神話

原　　著：〔德〕古斯塔夫・施瓦布

譯　　者：曹乃雲

責任編輯：譚　玉

插　　畫：張曉帆

出　　版：商務印書館 (香港) 有限公司

　　　　　香港筲箕灣耀興道 3 號東滙廣場 8 樓

　　　　　http://www.commercialpress.com.hk

發　　行：香港聯合書刊物流有限公司

　　　　　香港新界大埔汀麗路 36 號中華商務印刷大廈 3 字樓

印　　刷：中華商務彩色印刷有限公司

　　　　　香港新界大埔汀麗路 36 號中華商務印刷大廈 14 字樓

版　　次：2011 年 1 月第 1 版第 1 次印刷

　　　　　©2011 商務印書館 (香港) 有限公司

　　　　　ISBN 978 962 07 4465 5

　　　　　Printed in Hong Kong

目　錄

有七情六慾的希臘諸神

　　希臘神話中的神，與東方尤其是中國神話中正義高尚、完美無缺、不食人間煙火的神的形象截然不同。在古希臘人心目中，神既有人的體態美，也有人的七情六慾，他們懂得喜怒哀樂，具有和人類一樣的生活方式。

　　希臘神話中的神都是以人的外形出現的，男性諸神無不肌肉發達，體格強壯，勻稱健美，如宙斯、波塞冬被刻畫成有王者威嚴的有鬚男子，阿波羅則是一個俊美的少年。女性神祇個個豐腴飽滿，體態婀娜，光彩照人，如赫拉為雍容華貴的美婦，得墨忒耳為端莊慈祥的母親，阿耳忒彌斯為冷艷的獵裝少女，雅典娜是位高大美麗善作巧藝的女神，阿佛洛狄忒則代表了女性美的極致，豐滿而性感。諸神實際上是人之特質的集中體現者，只是他們比凡人更強壯，更健美，而且能夠長生不死。

　　希臘諸神不僅具有與凡人一樣的外表，還具有與凡人一樣的複雜性格，同人類一樣愛憎分明，甚至在某些道德規範上還不如人類，拈花惹草、爭風吃醋、挑撥離間、搬弄是非等等，神幹起壞事來比人類有過之而無不及。

　　作為"眾神之父"的宙斯神通而濫情，他處處拈花惹草，一會兒劫持伊娥將她變成母牛，一會兒變成天鵝去勾引勒達，一會兒化作金雨與達那厄約會，一會兒又變成一隻公牛迷惑歐羅巴，幹了不少風流韻事。赫拉雖然貴為天后，但是也同人間女子一樣善妒，她常用殘忍的手段加害她的情敵們：讓牛蠅叮得變身為母牛的伊娥發狂地四處奔逃，把卡利斯忒變形為熊，派巨蟒扼殺阿爾克墨涅所生的搖籃中的赫拉克勒斯。光明之神阿波羅衝動易怒，因希臘人侮辱其祭司而在軍營中散播九天瘟疫。忒拜王后尼俄柏嘲笑勒托女神子女少，阿波羅和阿耳忒彌斯為母雪恥，將尼俄柏的七子七女盡皆射殺。赫拉、帕拉斯、阿佛洛狄忒三位女神為得到寫有"獻給最美麗的女神"的金蘋果爭風吃醋，最後導致特洛伊城的毀滅……

　　神的這些為所欲為、恣肆放縱的行為模式正是古希臘人無拘無束的自然人性的流露。希臘神話中神與人同形同性，人本精神是希臘神話最基本的特徵。人是衡量萬物的尺度，萬物都滲透着人的精神和力量。因此神的意志就是人的意志，神的情慾就是人的情慾，神就是人自己。神與人的區別僅僅在於前者永生，無死亡期；後者生命有限，有生老病死。

　　希臘諸神的故事給我們展現了一個充滿人類情感的神靈世界，一幅折射希臘社會現實的世俗風情畫。諸神被賦予血肉豐滿、真實可信的人物性格，是合乎理性、貼近人性的，神的社會就是人類社會的翻版，他們的社會組織和日常活動均與凡人無異。希臘神話對神的讚頌與謳歌，就是對人類的尊敬和熱愛。全部希臘神話就是一首"人"的頌歌，是一個洋溢着人間情趣的樂園。

第一卷　人類起源

盜天火

天地造成，氣象萬新。

大海在咆哮。巨浪滾滾，氣勢磅礴地拍擊着兩旁海岸，激起了層層浪花。波濤間，魚兒游樂，自由自在，生活得無限甜蜜。小鳥在空中飛翔，歡樂地鳴囀歌唱。在陸地上，動物成群，生機盎然，到處呈現一派朝氣蓬勃的生動景象。

可是世界上缺乏一個供精神和靈魂借住的軀殼。他們應該是未來的大地主宰。

普羅米修斯應運而生，降臨大地。普羅米修斯是古老的神的族第的後裔，是地球之母與烏拉諾斯的後代，可惜烏拉諾斯後來被宙斯廢黜。

普羅米修斯知道大地上孕育着天神的種子，因此就用河水調和黏土，按照天神、亦即世界的主宰模樣捏塑成一種形體。他為了讓這團泥塊具有生命，便借用了動物靈魂中善與惡的兩重性格，將它們鎖閉在泥團的胸內。從此世界上就有了人。

普羅米修斯在藍天下的繁華世界上有一位女友，名叫雅典娜，她是智慧女神。雅典娜十分讚賞提坦神伊阿珀托斯的兒子的傑作，於是便朝着具備一半靈魂的泥團造物上吹了一口仙氣，讓泥團獲得了靈性。

世界上出現了第一批人。他們生殖繁衍，馬上發展成為一大群，佈滿了東南西北。可是這批人卻在很長時間內不知道應該如何運用自己的四肢，不知道怎樣使用天賜的靈魂。他們有眼睛，卻甚麼也看不見；他們有耳朵，卻甚麼也聽不到。他們就像夢中幽靈，渾渾噩噩地只知道來回走動，卻不能夠使用和發揮造物的作用。另外，諸如採石、燒磚、從森林裏砍伐木頭做成房樑，然後再用磚瓦、石塊、木樑建造房屋等等，他們對這樣高深的藝術是從來都不敢問津的。他們像螞蟻一樣，鑽在沒有陽光的土洞裏，一切都毫無計劃，毫無方向。

普羅米修斯開始了他的勞動和創造。

他教會人們觀察天體運行，觀察日月升落，星辰閃爍；他發明了數字和文字藝術，又教會人們駕馭牲口，使他們懂得牲口是幫助自己勞動的夥伴，從而學會給駿馬套上韁繩，用牠拉車或者作為坐騎。他還發明了船和帆，用於航行。他關心人類生活中的一切活動，教會人們如何生活。

從前，人們沒有醫藥知識，不知道使用藥物防治疾病。他們不知道使用塗抹油膏來減輕病痛。由於缺醫少藥，許多人病魔纏身，最後，悲慘地死去。普羅米修斯教會他們調製藥劑，用來防治疾病。另外，他又教人們學占卜，給他們解釋預兆和夢景，解釋鳥的飛翔和祭祀供奉。他引導大家開採地下礦產，讓他們發現礦石，尋找鐵礦、白銀和黃金。他教會人們農藝耕種，讓他們生活得輕鬆舒適。

那時候的天空完全歸宙斯和他的兒子們掌管。宙斯廢黜了父親克洛諾斯，推翻了古老的神族世家。普羅米修斯正是出身於這個被宙斯推翻的神的族第。

新任主宰的諸神開始注意剛剛形成的人類世界。諸神要求人類敬重他們，並答應用保護人類作為條件。後來，神和凡人在希臘的墨科涅聚會商議，一致確定了人類的權利和義務。普羅米修斯出席了會議。他作為維護人類的代表參與討論，希望諸神不要因為答應保護凡人從而提出過分苛刻的條件。作為提坦巨人伊阿珀托斯的兒子，普羅米修斯聰穎過人，決意愚弄一番眾神。

他以自己造物的名義宰殺了一頭大公牛，讓天上的神自由選擇，看他們到底需要牛的哪些部分。普羅米修斯把祭祀的公牛分成碎塊，擺成兩堆：其中一堆放着牛肉、內臟和牛的脂肪。他用公牛皮把這一堆覆蓋得嚴嚴實實，然後把牛胃擱在牛皮上；而另一堆內卻全部是骨頭，普羅米修斯把牛骨故意澆上煎熬過的牛油。置放牛骨的那一堆看上去又高大又飽滿，分外誘人。

宙斯是一位無所不曉的神之祖。他早已看穿了普羅米修斯的詭計，便説："伊阿珀托斯的公子，尊敬的國王，仁慈的朋友，你把祭品分配得多麼不公平啊！"

普羅米修斯正想欺騙他，於是便微微地笑了笑，説："尊敬的宙斯，永恆的神之祖，你就按自己的心願挑選一堆吧！"

宙斯很氣憤，故意伸出雙手，抓住澆過白色牛油的那一堆。等到看清這堆全是骨頭時，宙斯又裝作直到現在才發現受騙上當，生氣地説："我看到了，伊阿珀托斯的兒子，你還沒有忘掉騙人的伎倆！"

宙斯決定為受到欺騙報復普羅米修斯。他拒絕向人類提供最後一件禮物，那就是為了維持生命而必須使用的火。可是伊阿珀托斯的兒子十分機靈，想出了巧妙的辦法。普羅米修斯取來一根粗壯的大茴香長莖，扛着它悄悄地走近奔馳而來的太陽火焰車。他把茴香莖桿置放在閃閃發光的火苗上，帶着餘燼未熄的火花回到地球。不久，地面上架起了人類第一堆準備燃燒的木柴，熊熊的烈火直衝天空。宙斯看到人間熱氣騰騰烈火熊熊，十分生氣。他計上心來，立刻想出一個新的磨難用來懲罰人類，以便最後奪取他們的火種。

原來火神赫淮斯托斯因為有超人的工藝而聞名遐邇。他給宙斯趕製了一尊美貌少女的石像。而雅典娜也漸漸地對普羅米修斯嫉妒起來，於是給石像披上一件白色閃光的外衣，並在它的臉上蒙了一道面紗。雅典娜給石像戴上花環，還給它掛了一條金項鏈。赫淮斯托斯為取悦父親，又用各種動物造型裝點項鏈。給眾神服務的使者赫耳墨斯向嫵媚的造型傳授語言；執掌愛與美的女神阿佛洛狄忒則賜給它種種迷人的魅力。

宙斯利用美的形象製造了一場惡毒的禍端。他把自己的造物稱作潘多拉，意思是具備各種人間禮物的女子，那是因為每一個神都給這位姑娘送上一件施禍於人類的禮物。宙斯把年輕的女子潘多拉帶到人間。他看到神和凡人在地面上散步休憩，十分自在。大家看到天上降落下一位漂亮女子，齊聲稱讚。潘多拉來到普羅米修斯的弟弟厄庇墨透斯跟前，給他獻上宙斯贈送的禮物。

厄庇墨透斯是個心地善良的人。普羅米修斯曾經警告過弟弟，決不能接受奧林匹斯山上宙斯的任何禮物，而必須迅速把禮物退回去。可是，厄庇墨透斯想不起這番忠告，高興地接納了美麗的姑娘。直到後來禍端連綿，他才意識到當時的輕率。

姑娘雙手送上她的禮物。這是一隻緊鎖的禮盒。她當着厄庇墨透斯的面拉開了盒蓋。厄庇墨透斯正想瞧個仔細，看看盒內是甚麼禮物時，只見盒內升騰起一股禍害人間的黑煙，黑煙猶如烏雲迅速佈滿了天空，其中有疾病、癲狂、災難、罪惡、嫉妒、姦淫、偷盜、貪婪等等。種種禍害閃電一般地充斥了人間。盒子底部藏着唯一的好禮物，那就是希望。潘多拉聽從神之父的建議，趁着希望還沒有來到盒口的時候，連忙把蓋子重新關上，從此把人們的希望永遠鎖閉在潘多拉的盒子內。

從此以後，地面、空中和海洋裏失去了平靜，到處充滿了各種各樣的災難。形形色色的疾病，侵害着人們的肌體。疾病無比猖獗卻又悄然無聲，那是因為宙斯不讓他們發出聲響，高燒猶如歇斯底里的狂犬病包圍了全球，死亡也加速了迅猛的步伐。

接着，宙斯又對普羅米修斯施加報復。他把這名倔強的敵人迅速交給火神赫淮斯托斯以及兩名僕人，克拉托斯和農亞，這是兩位執行強迫和暴力使命的僕人。他們一起動手，把普羅米修斯押送到中亞細亞斯庫提亞荒山野嶺，用永遠不能開啟的鐵鏈把普羅米修斯鎖在高加索山巖的峭壁上。赫淮斯托斯並不願意執行父親的命令，而把這位提坦神的兒子看作自己的親戚，認為他是曾祖烏拉諾斯的子孫，因此是門第相當的神的後裔。可是執行殘酷使命的僕人們卻粗魯地把他罵了一通，因為他說了許多同情普羅米修斯的話。

普羅米修斯被強行吊鎖在懸崖峭壁上，他直挺挺的，根本無法入睡，也不能讓疲憊的雙膝彎曲一下。"不管你發出多少歎息和抱怨，這一切都是無濟於事的，"赫淮斯托斯對他說，"宙斯的意志是無情的。這批不久前才登上奧林匹斯山的神都是十分狠毒的人。"

折磨這位俘虜的旨意已經天定，大家都認為對他的磨難應該永無止境，至少也必須經歷幾千年的歷史。普羅米修斯大聲地叫喚，希望喚起風兒、河流、山川、海洋、大地之母以及洞察一切的太陽的同情，讓它們見證自己的苦難。可是，他在思想上卻是不屈不撓的。"命運中注定了的事，"他說，"對那些意識到必須承受暴力的人來說，那就應該樂於去承受。"他絲毫沒有為宙斯的恐嚇所屈服。宙斯再三威逼，要他說出"一場新的婚姻將使宙斯面臨滅亡"的預言究竟來源何處，可是始終沒有得到回答。

宙斯不忘諾言，給捆綁着的普羅米修斯派去一隻兇猛的鷹。鷹每天飛來啄食普羅米修斯的肝臟。肝區

的傷口不斷地痊癒，又被鷹不斷地啄開。為此，普羅米修斯必須永遠忍受痛苦的煎熬。直到將來有一個人，他心甘情願地準備為普羅米修斯而獻身，才能最終結束對普羅米修斯的折磨。

拯救苦難的普羅米修斯的時辰終於來到了。普羅米修斯被緊緊地鎖在山巖上，度過了漫長的悲慘歲月。這一天，大英雄赫拉克勒斯在前往尋找夜神赫斯珀洛斯的四個女兒，即在尋訪赫斯珀里得斯的旅途中經過高山危巖。當看到一隻鷹在啄食一個可憐人的肝臟時，大英雄連忙放下大棒和獅皮，取出了弓箭，把那隻殘酷的鷹從苦難的人的肝臟旁邊一箭射落。接着，他解開了鎖在普羅米修斯身上的鐵鏈，帶他離開了山地。為了滿足宙斯的條件，赫拉克勒斯把半人半馬的肯陶洛斯家族的喀戎留在山邊當作替身。喀戎是一位不死的神，情願放棄自己的永生，為解救普羅米修斯而犧牲。

後來，為了徹底執行宙斯的判決，普羅米修斯必須戴一條鐵項圈，項圈上鑲嵌一粒高加索山上的石子。這樣，宙斯可以自豪地宣稱，他的敵人還一直鎖銬在高加索的山巖上。至於宙斯費盡心機而百思不得其解的預言原來就是他跟海洋女神忒提斯的那場婚姻。一則神諭指明，忒提斯生下的兒子將會超過父親。宙斯後來把女神嫁給人間英雄珀琉斯。他們生下了威風凜凜的阿喀琉斯。可惜宙斯當時也難識其中奧妙。

大洪水

　　眾神創造的第一批人稱作黃金的一代。那時候統治天空的是克洛諾斯（即羅馬神話中的薩圖恩）。大家生活得如同天上的神一樣，無憂無慮，沒有繁重的勞動和擾人的貧困。大地給他們生長了各種水果，應有盡有；肥美鮮嫩的草原，無邊無際；草地上牛羊成群，活潑歡騰。人們安詳地從事勞動，幾乎沒有年齡的困擾。他們感到應該死亡的時候，便沉浸在溫暖而又柔和的長眠之中。

　　隨着命運的遷移，黃金的一代人從地球上消失了。他們都成為虔誠的佑護神，來去如煙霧，飄浮在地面的上空。他們是一切善舉的施主，維護着法律和正義，懲除一切違法的弊端。

　　後來諸神用白銀塑造了第二代人。第二代跟第一代無論在體形或是在思想上都有不同。嬌生慣養的男孩生活在父母親家中，受到母親的寵愛和無微不至的關懷。可是他們過了一百年以後在思想上仍然不成熟。等到男孩步入小伙子行列時，他們的一生只剩下短短的幾年了。毫無理智的生活把這批人推入了苦難的深淵。他們無法調節自己激烈的感情，相互間爾虞我詐，肆無忌憚地違法亂紀。他們不再給諸神祭供犧牲。宙斯十分生氣。他要在地球上除掉這批人，因為他不願意看到有人褻瀆諸神。當然，這批人也有不少優點。他們榮幸地獲得恩准，在離開生命以後讓自己靈魂的魔影仍然留在地球上，到處遊蕩。

宙斯創造了第三代人。他們是用青銅塑造的一代。青銅代人跟白銀代人又不一樣。他們性格粗魯，行為粗暴，一天到晚就知道拼鬥廝殺。每個人都要千方百計地侮辱其他人。他們專門尋吃動物肉類，鄙視並且拒絕採食田野上的各種果實。他們頑固、執拗，思想僵化得猶如花崗巖，人也長得非常高大，不同尋常。青銅代人的武器和住房都是青銅鑄成的。那時候世界上還沒有鐵，他們用青銅農具耕種田地。他們陷入了連綿的戰爭。可是，不管他們長得多麼高大，手段多麼殘忍，面對黑色的死亡，他們卻無可奈何，一點逃遁的辦法也沒有。他們只得乖乖地離開亮堂堂、光閃閃的太陽世界，鑽進陰森可怕的冥府之中。

　　當這一代人也長眠在大地懷抱的時候，宙斯又創造了第四代人。這批人應該住在肥沃的地面上，比上一輩人顯得高尚和正義。這是神的英雄的一代，即祖先們稱作半人半神的英雄。可是，這批人最後也因為陷入戰爭和重重矛盾而慘遭滅絕：其中一部分人倒在底比斯的七座城門前，那是為了奪取國王俄狄甫斯的王國；另外一些人為了美女海倫而成群結隊地跨上戰船，僵臥在特洛伊城周圍的田野上。當他們在塵世間結束了戰爭和苦難以後，宙斯把他們送往極樂海島，讓他們居住和生活在那裏。極樂海島位於世界之極的大洋裏，那是風景優美的地方。他們生活得無憂無慮，非常幸福。肥沃的島國給他們提供了蜂蜜一般甜蜜的水果，水果一年長三茬。

　　給人們講述這一優美傳說的希臘詩人希西阿無限

感歎地説："如果我，唉，如果我跟剛剛誕生的第五代人不共天日的話，如果我能早一點去世，哪怕是遲一點出生，該多麼理想啊！因為這一輩人是鐵的一代！徹底墮落，徹底敗壞，他們充滿着痛苦、罪孽；他們滿心憂慮和苦惱，日夜不得安寧。諸神源源不斷地給他們送上新的悲慘的折磨，他們還是自身最大的禍害。父親反對兒子，兒子加害父親，客人仇恨款待他的朋友。人間充滿怨仇，即使兄弟之間也不像從前那樣坦誠相見，沒有友愛。甚至對白髮蒼蒼的老人，人們也缺乏憐憫和敬重。老人們受到許多虐待。這批殘酷的人啊，你們怎麼想不到神的法庭，你們竟然忘卻了老人的養育之恩。強權霸道，拐騙欺詐的人橫行天下。他們心裏惡毒地盤算着如何去毀滅對方的城市和村莊。正直、善良和公平被人踩在腳底下；拐子，騙子扶搖直上，幾乎被抬上空中樓閣。權利和節制遭受踐踏；陰險惡毒的人侮辱善良高尚的人。他們口出狂言，用誹謗和詆毀製造事端。實際上，這是一批非常不幸的人。從前，主管羞恥和神聖畏懼的女神還常常來往人間，可是後來她們住不下去了，悲哀地用白色衣衫裹住自己漂亮的身軀，離開了人間，回到寂寞的神的世界。這時候，人間社會充滿着絕望和痛苦，沒有任何的拯救和希望。

作為宇宙之主的宙斯不斷地聽到鐵的這代人的惡行和弊端，便決定親自扮作凡人的模樣前去視察地球。他來到大地以後發現情況比傳説中還要惡劣。一天傍晚，他趁着夜幕走進阿耳卡狄亞國王呂卡翁的內室。

呂卡翁不僅待客冷淡，而且殘暴成性。宙斯通過奇蹟表明自己是一位神。一群人看得目瞪口呆，都一字排開，在神面前跪了下來。

呂卡翁卻不以為然。他嘲笑這些虔誠的人裝模作樣，說：“讓我們考證一下，看看他到底是凡人還是神！”為此，他決定趁着客人在半夜酣睡不醒的時候把客人一刀殺掉。在這之前他首先悄悄地殺了一名人質，這是摩羅西亞人送來的可憐人。殺掉的人質被洗剝以後，呂卡翁讓人剁下他的四肢，然後丟在沸騰的水裏燒煮，屍體的其餘部分分別放在火上煎炒烘烤，做成菜餚，給陌生的客人端上作夜宵。

宙斯把這一切都看在眼裏，被這頓奇特的晚餐激怒得跳了起來。他喚來一團復仇的怒火，把火置放在這個沒有心肝的人的大院裏。國王驚恐萬分，想奪路逃到野外去。可是，他發出的第一聲呼號卻突然變作淒厲的嚎叫；他身上的衣服變成蓬亂的毛皮；兩隻手竟然顫顫悠悠地落到地上，變成了兩條前腿。從此呂卡翁成了一條嗜殺成性的惡狼。

宙斯回到奧林匹斯神山。他與眾神一起商量，決定根除這一代喪盡天良的人。他想把閃電扔到世界的每一個角落，可是擔心蒼天會陷入火海，擔心宇宙之軸會因此而被燒燬。於是，他放棄了這種粗魯報復的想法。他把獨眼神給他鍛鑄的霹靂雷錘擱在一旁，改向地球灌注傾盆大雨，決定用大水滅絕人類。

這時候，所有的風都被鎖在埃俄羅斯的地窖內。只有南風例外。它接受命令，扇動着濕漉漉的翅膀直撲地面。南風面目猙獰，一張臉黑得猶如鍋底。他的鬍鬚沉甸甸的，好像滿天烏雲。洪水從他的白髮間奔流直下，他的額間瀰漫着一片濃霧，胸脯間雨水流淌。南風掛在天空裏，用一隻手緊緊地抓住雲彩，開始狠狠地擠壓他們。一刹時，雷聲隆隆，瓢潑般的大雨自天而降。田野裏的青苗全給打折了腰。農民的希望破產了，整整一年來的辛勤勞動付諸流水。

宙斯的弟弟波塞冬也不甘寂寞，急忙趕來一起破壞。波塞冬把所有河流都召集起來，說："你們應該肆無忌憚地掀起萬丈狂瀾，沖塌房屋，搗毀堤壩！"河流們雀躍歡騰，不折不扣地完成他的命令。波塞冬親自上陣，手執三叉戟，掘地引水。洪水突破缺口，洶湧澎湃，勢不可擋。

水災、水患、水禍、水害。泛濫的河水湧上田野，猶如狂暴的野獸，把大樹連根拔起，還沖走了無數的廟宇和房屋。水勢不斷上漲，不久便淹沒了宮殿的山牆，連教堂的塔尖也消失在急速轉動的漩渦中。水天一色，根本分不出哪兒是海洋，哪兒是陸地。整個世界成了一片汪洋大海，無邊無際。

地球上的人猶如螞蟻，在滔滔水患前絕望地尋找着可能生存的機會。有的人爬上山頂，有的人駕起木船，從沉沒的農舍房頂上漂泊而過。大水一直浸到種植葡萄園的山坡上，船的龍骨在葡萄架上蹭來蹭去，葡萄枝蔓間游動着許多活潑的魚兒。漫山遍野奔跑的大公豬也逃脫不了厄運，淹死在水裏。人類一群群地慘遭滅頂之災，僥倖逃出洪水威脅的人後來也餓死在光溜溜的山頂上。

　　福喀斯國有一座高山只露出兩個山峰，其餘的部分全都浸在洪水裏，這就是帕耳那索斯。普羅米修斯的兒子丟卡利翁事先獲悉神的警告，造了一條大船。當洪水到來時，他和妻子皮拉駕船駛往帕耳那索斯。這一對夫婦的正直和虔誠是獨一無二的。

　　宙斯召喚大水淹沒地球，報復了人類。他看到人類幾乎全部陳屍水下，只有一對可憐的夫婦還在水中漂泊。這是一對無辜而又信仰眾神的夫婦。宙斯平息了怒火。他喚來北風，北風頓時驅散了重重烏雲，牽走了濃濃密霧，讓天空重見光明。海洋王波塞冬見狀也立即把三叉戟擱在一旁，安撫着洶湧奔騰的海潮。海水馴服地退到高高的堤岸下，洪水也回到原來的河牀。樹林從深水中露出了樹梢，樹葉上面覆蓋着厚厚的淤泥。山坡重新顯示了青葱優美的色彩，洪水終於從陸地上退了回去。

　　丟卡利翁環顧四周。荒蕪的大地一片泥濘，世界猶如一座大墳墓，靜寂得可怕。先前的喧嘩已經無影無蹤。看着這一切，他的眼淚止不住地掛落面頰。他回過頭去，對妻子皮拉說："親愛的，我朝遠處望了一下，沒有看到一個活人。我們兩個人組成了這個世界的整個人類，而其他人全都命歸水下，葬身魚腹。可是，我們也很難生存下去。我看到的每一朵雲彩都給我帶來無限的驚恐。即使將來沒有危險了，我們孤孤單單地被拋在這個被眾神遺忘了的地球上，又怎麼生活呢？唉，要是我的父親普羅米修斯教會我造人的本領，教會我如何把靈魂灌注在捏成的泥團裏，那該多好啊！"妻子聽他說完，也很悲傷。兩個人抱頭痛哭。

他們沒有了主意，只好來到一半已被毀壞了的女神忒彌斯的神壇前，雙雙跪下，懇求着說："啊，女神，請告訴我們，我們應該如何塑造業已崩潰的一代！求你幫助沉淪的世界，讓它重新恢復生命！"

"你們應該離開我的祭壇，"壇前傳來女神的聲音，"戴上面紗，解開腰帶，然後把你們母親的骸骨扔到你們的身後去！"

兩個人十分驚訝。他們莫名其妙，不理解這番謎語般的指示。皮拉忍不住打破了寂靜，說："高貴的女神，請原諒我的淺薄，我不得不違背你的意願，因為我不能搬動母親的遺骸，不能妨礙她的安寧！"

可是丟卡利翁卻眼前一亮，頓時覺悟了。於是他好言好語地安慰妻子說："如果我的智慧沒有騙我，女神的話中並沒有隱藏褻瀆和不敬。大地是我們仁慈的母親，石塊一定是她的骸骨。皮拉，我們應該把石塊扔到背後去！"

話是這麼說，兩個人仍然將信將疑，只是願意嘗試一番。於是，他們側轉身子，將頭蒙住，再鬆下衣帶，然後按照女神的命令，把石塊朝身後扔了過去。不料身後頓時出現了奇蹟：石頭突然失卻了堅硬和鬆脆，變得又靈活又柔軟。它們不斷地發展生長，變化出許多具體的形象，看起來都像人的身體一樣，可是還沒有徹底成型。面前這些輪廓真像藝術家剛從花崗巖中開始雕琢的粗模。石頭上鬆散的泥土和潮濕的水

分變成了一塊塊肌肉，而堅硬如鐵的石頭全部化成了骨頭，石塊間的礦脈組成了人的脈絡。奇怪的是，丟卡利翁往後扔的石塊都變作男人，而妻子皮拉扔的石塊全都成了女人。直到今天，人類都沒有否認他們的這一起源和歷史。那是堅強硬朗的一代，適宜從事任何繁重的勞動。

人類始終記住了歷史，知道他們是從這個譜系裏發展和生長起來的。

據說，皮拉後來給丟卡利翁生下兒子赫楞。赫楞成了赫楞人，亦即希臘人的鼻祖。他的兒子有埃洛斯、多羅斯和克素托斯。這些兒子又分別成為後來各自民族的祖先。

第二卷　神的傳說

希臘國王女兒的磨難

彼拉斯齊人是古代希臘最初的居民。他們的國王名叫伊那科斯。伊那科斯的女兒人才出眾，聰明漂亮，大家都高興地喚她伊娥。奧林匹斯神山上眾神對她十分垂青。只要伊娥在勒那莫地上出現，諸神就會用眼睛注視着她，久久不願離開。

宙斯特別愛她。他扮作凡人的模樣，下界來千方百計地挑逗伊娥，說："哦，年輕的姑娘，能夠擁有你的人是多麼幸福啊！可是世界上任何凡人都配不上你，你應該成為至高無上的神的妻子。告訴你吧，我就是宙斯，你不用害怕！中午時分酷熱難擋，快跟我到樹林的陰影下面去休息，樹林就在我們的左側。陽光炙炙，你何苦遭受折磨？你不走進茂密的森林裏去，我願意保護你。我是執掌天庭統治的神，可以把閃電直接送到地面。"

姑娘非常害怕，一溜煙地逃走了。如果不是這位法力無邊的神濫用權術，把整個地區變作一團漆黑，姑娘幾乎已經逃脫厄運。現在，她裹脅在濃幃密霧之中。不一會兒，她竟然感到步履艱難，擔心撞在巖石

上或者掉在河水中。不幸的伊娥終於落入神的暴力。

　　天后赫拉是宙斯的妻子。長期以來，她早已習慣丈夫對婚姻的不忠。他拋棄了妻子的愛情，卻醉心於凡間的姑娘或半人半神的女兒。赫拉內心的猜疑與日俱增。她密切地注視着丈夫在人間的腳印和去向。

　　突然，她非常驚異地發現，地面上有一塊地方在大白天也遮掩於一片迷霧中。這片濃霧不是自然原因移來的。赫拉頓時想起了她那不忠實的丈夫。她站在奧林匹斯神山的山頂上，睜大着眼睛到處張望，就是找不到宙斯。"如果我不受這一切的欺騙的話，"她十分惱怒地自言自語，"我大概又在遭受丈夫的戲弄！"說完，她駕起一朵祥雲，落到地面，命令濃濃密密的大霧迅速散開。她沒有料到大霧正好包裹着劫持人間姑娘的宙斯和他的獵物。

　　宙斯知道妻子來了，為了讓心愛的姑娘逃脫妻子的報復，他把伊那科斯的漂亮女兒剎時變作一頭雪白而又漂亮的小母牛。即使成了這副模樣，靈巧的伊娥仍然不失風雅。赫拉迅速識穿了丈夫的詭計。她稱讚這頭漂亮的牲口，並且裝作不知內情地問道，這是誰家的小母牛？屬於甚麼品種？為了掩飾自己的窘態，宙斯不惜當面撒謊。他說這頭母牛生於大地，純淨的品種。赫拉內心感到好笑，請求丈夫把這頭美麗的牲口送給自己。

這位失望的說謊行家該怎麼辦呢？他覺得左右為難：他如果答應把小母牛交出來，那麼他就失掉了可愛的姑娘；他如果拒絕妻子的要求，勢必引起她的猜疑和嫉妒。其結果還是會讓這位不幸的姑娘遭受惡毒的報復。思來想去，他決定臨時放棄姑娘，把閃亮的小母牛送給妻子。赫拉裝作受寵若驚的模樣，用一條帶子繫在美麗牲口的脖子上，然後牽着這位遭劫的姑娘，滿懷喜悅地凱旋而回。

可是，女神雖說騙得了母牛，心裏卻仍然惴惴不安。她只要尋不到一塊安置自己愛情的競爭對手的可靠地方，總是難得平靜的。於是，她急忙去找阿耳戈斯。那位怪神是阿利斯多的兒子，頭上長着一百隻眼睛，特別適合充當看守等職務。因為他在疲倦休息時也只是閉上一些眼睛，而讓另外大部分的眼睛始終張開着，炯炯有神。

赫拉僱他看守可憐的伊娥。她擔心丈夫又來劫走這位落難的情人。伊娥在阿耳戈斯一百隻眼睛的嚴密看守下，整天被放養在肥美鮮嫩的草地上。阿耳戈斯始終站在她的附近，瞪着一百隻眼睛，忠誠地履行看守職務，緊盯不放。有時候，他轉過身去，用背對着姑娘，可是他還是能夠看到姑娘，因為一百隻眼睛均勻地分佈在阿耳戈斯頭部的上下前後。太陽下山時，他將小母牛鎖起來，項間掛上沉重的鐵鏈。姑娘的食物是一些苦澀的青草和樹葉，堅硬而又冰涼的大地成了姑娘的眠牀。她在泥濘而又齷齪的水塘裏飲水解渴。這一切僅僅因為她是一頭小母牛。

伊娥常常忘掉她現在已經不屬於人類。她想伸出可憐的雙手，藉以喚起阿耳戈斯的憐憫和同情。可是，她突然想起自己沒有手臂，那是兩條前腿；她想苦苦地向他哀求，然而從她口中出來的只是哞——地一聲慘叫。哞聲倒把姑娘自己都嚇了一跳。

阿耳戈斯跟她並不總是待在一個固定的牧場。赫拉希望不斷地調換伊娥居住的地方，藉以最終逃脫丈夫的尋找。伊娥的看守牽着她在國內到處轉動。一天，伊娥被牽着來到了自己的故鄉。他們來到一條河邊，這裏是伊娥孩童時代經常玩耍的地方。這時候，伊娥第一次從清淨的河水中看到了自己的面容。當水中出現一個頭頂雙角的動物腦袋時，她驚嚇得倒抽一口冷氣，不由自主地後退幾步，不敢看下去了。姑娘留戀萬分地來到姐妹們和父親伊那科斯身旁。可是大家都不認識她。伊那科斯撫摸着美麗的牲口，又從灌木叢中捋了一把樹葉，送到小母牛的口旁。伊娥感激地舔着他的手，用淚水和親吻濕潤了父親的手指。老人卻一無所知。他不知道自己撫摸的是誰，更不明白剛才被誰充滿感激地親吻過。

伊娥終於有了一個拯救自己的主意。她儘管被變作一頭小母牛，可是自己的靈魂卻是不受折磨的。姑娘靈機一動，用腳在地上踩出一行字，以此引起了父親的注意。伊那科斯很快從地面的灰土文字中知道，原來面前站着的竟是自己的親生女兒。"天哪，我是一個不幸的人！"老人驚叫一聲，張開雙臂，緊緊地抱住落難女兒的脖頸。"我在全國各地到處尋找，想不到就是這樣地看到了你！痛煞我也！我在四面八方尋找你的時候，內心的痛苦卻比見到你時還要輕鬆萬分！你為甚麼不說話？可憐你不能給我說一句安慰的話，只能用一聲長哞回答我！我真是個傻瓜蛋，我一直在想，如何才能給你找上一個匹配的夫婿，想着給你置辦新娘的火把，趕辦未來的婚事。現在，你卻成了牧群中的孩子……"

阿耳戈斯是一名殘暴的看守。他還沒有等到悲傷的國王講完話，就一把牽住伊娥走開了。他費盡氣力登上一座高山，睜開了一百隻眼睛，警惕地環顧四周。

宙斯不願意看到姑娘長期地經受折磨。他把兒子赫耳墨斯召到跟前，命令他運用機謀，幫助自己完成任務。兒子提上一根催人昏睡的荊樹木棍，離開父親的宮殿，來到人間大地。他把帽子和翅膀擱在一旁，手上提着木棍，懷中揣着牧笛，看上去完全像是牧人。赫耳墨斯呼喚着羊群，把牠們趕到鄰近的草地放牧。這裏是伊娥在啃食青草、阿耳戈斯擔任看守的地方。

來到牧地以後，赫耳墨斯從懷中掏出牧笛。牧笛古色古香，優雅別致，他湊上去吹了一曲。笛聲穿雲裂石，縈繞天空，實在不是凡間牧人所能比擬的。阿耳戈斯十分欣賞令人心醉的笛音。他從坐着的山石上站了起來，喊話說："吹笛子的朋友，不管你是誰，我都熱烈地歡迎你。來吧，坐到我身旁的巖石上，休息一會！別的地方的青草都沒有這裏肥美鮮嫩。看，這裏的樹蔭下多麼舒服！”

赫耳墨斯説了聲謝謝，爬上山坡，挨近看守坐了下來。兩個人天南地北、山高水深地攀談起來。他們越説越投機，不知不覺白天即將過去了。阿耳戈斯接連打了幾個哈欠，他那頭上的許多眼睛都支撐不住地昏昏欲睡。赫耳墨斯重新掏出牧笛，嘗試着要把阿耳戈斯徹底送入夢鄉。可是阿耳戈斯卻不敢怠慢，念念不忘女主人的乖戾性情。儘管他的一百隻眼睛抵制不住酣睡的甜蜜誘惑，他還是振作精神，讓一部分眼睛先睡，而用另一部分眼睛緊緊地盯住小母牛，防備牠趁機逃脱。

阿耳戈斯雖説有一百隻眼睛，卻從來沒有看到過那種牧笛。他十分好奇地打聽這管樂器的來歷。

“我很願意告訴你，”赫耳墨斯説，“如果你不嫌天色已晚，並且還有興趣聽我講述的話，我將非常樂意。從前，在風景優雅的阿耳卡狄亞雪山山地上住着一位有名的女樹神，名叫哈瑪得律阿得斯，又名緒任克斯。那時候，眾多的森林神和農神薩圖恩都十分仰慕她的美貌。他們日思夜想，百般追求，可是姑娘總是巧妙地擺脱了他們的騷擾。姑娘害怕結婚，願意像月亮和狩獵女神阿耳忒彌斯一樣，始終保持獨身貞潔。緒任克斯跟阿耳忒彌斯常常一起外出打獵，兩位姑娘結成了好朋友。

一天，強大的山神潘在森林裏漫遊。他看到了緒任克斯，便走近姑娘，憑着自己顯赫的地位急急地希望娶姑娘為妻。女神不屑一顧地奪路而逃，不一會就消失在茫茫的草原上。她一路匆忙，來到淤塞的拉同河邊。拉同河緩慢地流動着，可是河面很寬，無法趟涉過去。姑娘萬般無奈，只得呼喚她的守護女神阿耳忒彌斯，希望得到她的憐憫和幫助。

說話間，山神潘已經飛奔到面前。他張開雙臂，一把抱住站在河岸旁邊的女神。等到他定睛一看，他驚奇地發現懷中只抱了一根蘆葦。山神心情憂鬱地悲歎一聲，想不到聲音經過蘆葦管時變得又粗又長。奇妙的聲音讓失望的神十分欣慰。"好吧，變化多端的女神，"他突然靈機一動，又高興地喊叫起來，"我們的結合還沒有結束！"說完，他把蘆葦切成長短不同的小杆，用蠟把蘆葦稈封紮在一道，當場就以姑娘哈瑪得律阿得斯的名字命名聲音悠雅的蘆笛。從此以後，這樣的牧笛都叫緒任克斯。"

赫耳墨斯一面講故事，一面注意地看着百眼看守。這故事還沒有講完，他看到阿耳戈斯的眼睛一隻隻地瞇縫下去。最後，看守的一百隻眼睛全部睡着了。眼看時間已到，這位神的使者壓低聲音，用手上的魔杖一一地觸摸了阿耳戈斯的百隻神眼，藉以深化效果。阿耳戈斯終於抑制不住地呼呼大睡。赫耳墨斯迅速從牧人上衣的口袋內掏出一把利劍，把阿耳戈斯的腦袋齊脖子一劍斬斷。

伊娥獲得了解放。她仍然保持着小母牛的模樣，只是已經除掉了頸上的繩索。她高興得在草地上來回奔跑，無拘無束。當然，地面上的這一切故事都逃脫不了赫拉的目光。她給自己愛情的競爭對手又想出了一種新型的折磨方法：她送去一種牛虻，讓牛虻叮咬可愛的小母牛，直到小母牛忍受不住，發瘋為止。

小母牛驚恐萬分，被牛虻追來逐去，逃遍了世界上的無數地方。她逃到高加索，逃到斯庫提亞，逃到亞馬孫人那裏，也到了基米里人的博斯普魯斯海峽和俄羅斯的阿瑟夫海。她穿過海洋到了亞洲。最後，經過長途奔逃，她絕望地來到埃及。伊娥站在尼羅河河岸上，疲憊萬分地把兩隻前蹄彎曲着伏在地上，然後仰起脖子，朝奧林匹斯山張着一雙哀求援助的眼睛。小母牛的眼神深深地感動了宙斯，宙斯急忙來到妻子身旁。他一把抱住赫拉，請她對可憐的姑娘大發慈悲。姑娘雖然迷途在外，卻是潔白無辜的。宙斯在神立誓的斯提克斯河，即陰陽交界的冥河邊上向妻子發誓，從此以後再也不以愛情為理由追蹤姑娘了。

正在這時，赫拉又聽到小母牛朝着奧林匹斯神山發出求救的哀叫聲。這位神之母終於受到感動，軟下心腸，答應丈夫恢復伊娥原來的姑娘面貌。

宙斯急忙來到尼羅河邊，伸出手撫摸着母牛背。奇蹟立刻出現了：小母牛身上蓬亂的牛毛消失了，她的牛角收縮進去，牛眼變小，牛嘴往後變成小巧的雙唇，肩膀和兩隻手也漸漸地成型；一會兒，牛蹄也不見了，小母牛身上的一切，除了美麗的白色以外全都不見了。伊娥從地上站立起來。她重新恢復了從前楚楚動人的美麗形象，亭亭玉立，格外令人疼愛。

就在尼羅河的急流邊上，伊娥給宙斯生下了後來當上埃及國王的厄帕福斯。當地人民十分愛戴這位神奇變化並且最終獲得拯救的女子，把她尊為女神。伊娥在那裏統治了很長時間，成了當地的女君主。不過，她始終沒有得到赫拉的徹底寬恕。赫拉唆使野蠻的庫埃特人劫持了她那年輕的兒子厄帕福斯。伊娥不得不再次長途跋涉，尋找被人搶走了的兒子。後來，宙斯用閃電劈死了庫埃特人，伊娥在臨近埃塞俄比亞的國境旁才找到了兒子。她帶着兒子一起回到埃及，讓兒子在一旁輔佐她治理國家。

厄帕福斯長大以後娶妻門菲斯，生下女兒利彼亞。從此以後，人們把埃及西邊的國家稱為利比亞，那是因為厄帕福斯的女兒曾經有過這個名字。厄帕福斯和他的母親在埃及受到人們的尊敬和愛戴。為紀念他們，埃及人後來為他們立下廟宇，尊奉他們為埃及的神牛，長年祭供，香火不斷。

天神兒子斬蛇髮妖女

珀耳修斯是宙斯的兒子。他出生後，他的外祖父阿克里西俄斯，即亞各斯國王，將珀耳修斯和他的母親達那厄鎖在一隻箱子裏，投入大海。因為一則神諭說：國王的外孫將會奪取他的王位和生命。宙斯保佑着在萬頃碧波中漂流着的母子平安。他們順流一直漂到賽里福斯島，靠近了海岸。這裏有兩位兄弟，狄克堤斯和波呂得克忒斯。他們治理着島嶼，是賽里福斯島上的兩位國王。狄克堤斯正在海邊捕魚，看到水裏漂來一隻木箱，就連忙把它拉上海岸。回到家中，兄弟二人對遭遺棄的落難人十分同情，便收留了他們。波呂得克忒斯娶達那厄為妻，並悉心地教育珀耳修斯，把他撫養成人。

珀耳修斯長大以後，繼父波呂得克忒斯勸說他外出去經歷生活的險遇，從而希望他能夠建功立業，做一番大事業。勇敢的小伙子雄心勃勃，準備砍下墨杜薩那顆醜惡的腦袋，把它送往賽里福斯，交給國王。

珀耳修斯整理完行裝就上路了。諸神引導他一直來到遙遠的地方。那是生有一群可怕妖怪的父親福耳庫斯居住的地方。珀耳修斯一開始就遇到了福耳庫斯的三個女兒格賴埃。她們生下來就是滿頭白髮。三個人都只有一隻眼睛，嘴裏只有一顆牙齒，互相之間輪流着商借使用。

珀耳修斯把她們的牙齒和眼睛全部拿掉，三個女子哀求不已，請求歸還她們這些不可缺少的東西。他

提出一個條件，請她們指明尋找仙女的道路。仙女都是奇異的造物，擁有飛鞋、神袋和狗皮頭盔。有了這些東西，人們就可以隨心所欲地自由飛翔，看到願意看到的人，而別人卻看不見他。福耳庫斯的女兒們給珀耳修斯指路，並且討回了自己的眼睛和牙齒。

到了仙女那裏，珀耳修斯得到了三件寶貝。他背上神袋，在腳上繫上飛鞋，戴上狗皮頭盔。此外，他又從赫耳墨斯那裏得到一把鐵鐮刀。他用這些神物把自己武裝一新，跳起身，向大海飛了過去。那裏住着福耳庫斯的另外三個女兒，即戈耳工。在那三個女兒中，小女兒墨杜薩是凡胎，珀耳修斯就是奉命前來斬殺取討她的腦袋的。

珀耳修斯看到妖怪正在睡覺。她們的頭上佈滿了龍鱗，根根頭髮都成了一條條毒蛇。她們像公豬一樣都長着一副獠牙、鐵手、金翅膀，看到她們的人立即變成石頭。珀耳修斯知道這秘密。他背過臉去，不看酣睡中的女人，然後使用光亮的盾牌作鏡子。這時候他清楚地看出三個戈耳工中誰是墨杜薩。雅典娜又助了他一臂之力。他揮去一刀，斬下了女妖的頭顱。

珀耳修斯還沒有收起刀，突然從女妖身軀裏跳出一匹雙翼的飛馬珀伽索斯，後面又緊跟着一位巨人克律薩俄耳。他們都是波塞冬的後代。珀耳修斯小心地把墨杜薩的頭顱塞在背上的神袋內，離開了那裏。

這時候，墨杜薩的姐妹們從牀上坐了起來。她們瞅見了妹妹被殺害了的軀體，便一起展開了翅膀，準備追趕殺人兇手。可是珀耳修斯戴着仙女的狗皮頭盔，躲過了跟蹤和追捕。不過他在空中也遇到了狂風襲擊，被吹得來回打轉。當他飄着經過利比亞沙漠地帶時，從墨杜薩的腦袋上滴下了點點鮮血，一直落到地上。血中長出了各種顏色的毒蛇。世界上許多地方從此以後就有了危險的蛇類。

珀耳修斯繼續往西一路飛行，最後在國王阿特拉斯的王國裏降落下來，希望休息一會兒。這裏有一片叢林，樹上結着金果，旁邊守衛着一條巨大的惡龍。珀耳修斯請牠給自己一塊庇身之地，可惡龍不答應。阿特拉斯擔心他的黃金財產遭到損失，狠心地驅逐珀耳修斯，讓他離開宮殿，到遠處去。珀耳修斯十分憤怒。他當場從神袋中掏出墨杜薩的首級，自己卻背過身子，把首級向國王遞了過去。國王身材高大，如同一位巨人。他看到墨杜薩的頭後立即變作一塊巨石，簡直像一座大山，鬍鬚和頭髮一直延伸到城外的樹林；肩膀、手臂和大腿統統成了山間脊樑；那顆腦袋變成山峰，直衝九霄雲外。

珀耳修斯重新繫上飛鞋，戴上頭盔，鼓動着翅膀飛上高空。他一路飛行，來到埃塞俄比亞的海岸邊。那是國王刻甫斯治理的地方。珀耳修斯降落雲頭，看到聳立大海之中的山巖上捆綁着一位年輕的姑娘。海風吹亂了她的頭髮，姑娘淚流不止。珀耳修斯為她的年輕美貌所動心，便跟她打起招呼：「你為甚麼捆綁在這裏？你叫甚麼名字？家住哪裏？」

姑娘反背着雙手，沉默着，一聲不吭，羞愧難言。她真想用雙手掩住自己的臉面，可是卻不能動彈，眼睛裏飽噙着辛酸的眼淚。終於，她開口了。她為了不讓陌生人造成錯覺，以為她真的做了甚麼見不得人的事，說："我叫安德洛墨達，是埃塞俄比亞國王刻甫斯的女兒。我的母親曾吹噓，說我比海神涅柔斯的女兒們，即海洋女仙更漂亮。海洋女仙十分憤怒。她們共有姐妹五十人，於是請海神發大水，淹沒了整個國家。海神果然派了一條大鯊魚，讓牠前去吃掉陸上的一切。一則神諭告訴我們，如果想使國家得到解救，必須把我，王后的女兒丟入海中餵魚。國內頓時人聲鼎沸，紛紛要求我父親採取這一拯救全國的辦法。絕望之餘，國王果然下令將我鎖在這裏。"

姑娘的話還沒有講完，只見滔天的海浪漫山遍野，滾滾而來。海水中冒出了一個妖怪。妖怪胸脯寬闊，蓋住了整個水面。姑娘見到後發出一聲驚叫，而姑娘的父母親也接踵而來。他們看到大禍臨頭時萬分絕望，母親的神情中明顯地流露出內疚的痛苦。他們緊緊地抱着捆綁着的女兒，卻無能為力，一點也沒辦法。

這時候只聽見陌生人說道："你們要想痛哭流涕，將來還有時間；現在迫在眉睫的事是救人。我叫珀耳修斯，是宙斯和達那厄的兒子。我戰勝了墨杜薩。神奇的翅膀讓我飛越高空。姑娘如果願意挑選的話，她一定會首先看中我。我現在向她正式求婚，願意前去救她一命。你們願意接受我的條件嗎？"

父母親連連點頭，不僅答應將女兒嫁給他，還答應將王國送給他作為嫁妝。

說話間妖怪已經順水而來，只有一箭之地了。年輕人見狀便把雙腳往地上一蹬，高高地飛入雲端。妖怪看到海面上投下男子的身影，立即狂怒地撲上前去，像要跟威脅着想搶牠獵物的敵人作戰一樣。珀耳修斯在空中猶如一隻矯健的雄鷹猛撲下來。他用殺死墨杜薩的利劍狠狠地刺進大鯊魚體內，外面只剩一柄劍把。還沒等他把劍拔出來，鯊魚疼得猛地竄到空中，然後又沉入水底，瘋狂地掙扎着。珀耳修斯在牠身上反覆刺殺，直到鯊魚口中血流如注。這時候，他自己身上的翅膀也全部濕透了。他不敢在空中久留，恰好水面上露出一塊礁石，便扇動翅膀輕輕地落在巖壁上，然後又用劍在妖怪內臟攪動了三四回。大海漂走了牠的屍體，不久牠就消失在連綿起伏的波浪中間。珀耳修斯飛到岸邊，登上山頂，把姑娘從鎖鏈中解救出來，送交給不幸的父母親。他受到隆重的款待，成了宮廷裏的貴客佳婿。

正當婚禮宴會舉行到高潮的時刻，王宮的前廳裏突然騷動起來，傳來一聲沉悶的吼聲。原來國王刻甫斯的弟弟又帶了一批武士闖了進來。他從前曾經追求過安德洛墨達，現在他重申自己的要求。菲紐斯揮舞着長矛闖進婚禮大廳，朝着驚訝萬分的珀耳修斯大聲叫喊起來："我在這裏，你搶走了我的未婚妻，我要報復。無論你的翅膀或者你的父親都無法在我的面前保護你！"說着，他擺開架勢，準備把長矛扔過來。

只見刻甫斯從席間猛地站起身子，"且慢，"他大聲喝斥着，"並不是珀耳修斯奪你所愛。當我們將她交給死亡，你看着她被鎖在那裏的時候，她已經不再屬於你的了。你為甚麼沒有親自把她從鎖鏈中解脫出來？"

　　菲紐斯回答不上，反覆地盯着他的兄弟和情敵，好像在思考首先瞄準哪一個。終於，他積起一股瘋狂的力量，揮動着長矛朝珀耳修斯奮力擲去。可是他的眼力不好，長矛一下子掛在墊子上難以脫身。珀耳修斯趁機站了起來，朝門口抖出一棱鏢，棱鏢直朝菲紐斯飛去。要不是菲紐斯蹦跳着轉到祭壇的後面，棱鏢肯定會穿透他的胸脯。雖然菲紐斯逃過，但他的一名隨從卻被打中額頭。這下成了雙方激戰的導火線，闖進來的不速之客和參加婚禮的客人扭作一團，難分難解。闖進來的人數佔優勢，珀耳修斯的隊伍中有國王夫婦，新婚妻子等。他們被菲紐斯的人團團圍住。箭如飛蝗，從各個方向飛過來。珀耳修斯背靠一根大柱，保護背部不受襲擊。他奮力抵禦敵人的進攻，打倒了一個又一個衝上來的敵人。

　　後來，他看到自己畢竟孤掌難鳴，於是決定拿出難以抵擋的最後一招。"我也是被逼得沒有辦法，"他說，"因此就想到老冤家那裏尋求幫助。是我的朋友，都請把臉轉過去！"說畢，他從神袋裏取出墨杜薩的頭，朝着對手伸了過去。對手正盲目地向這邊衝過來。"你應該去找另外一個人，"他一邊衝鋒，一邊蔑視地叫喊道，"他才會被你的鬼名堂嚇倒。"可是，當他伸手準備投擲棱鏢時，手卻僵硬得不能動彈了。後面的人接踵而來，一個個難逃變成石頭的厄運。這時候，珀耳修斯乾脆把戈耳工的首級高高地舉起，讓大家都能夠瞧見。他用這種辦法把最後的不速之客全都變成了僵硬的石塊。

直到這時，菲紐斯才對這場無理取鬧的爭端感到後悔。他看着左右兩面全是姿態不同的石像，呼喊着朋友們的名字，疑慮地推動着他們的軀體。他們全都成了花崗巖。他驚恐萬分，一改往日的驕橫，絕望地哀求着："饒恕我的生命吧！王國和妻子都是你的！"說完他轉過身子。可是珀耳修斯為剛才陣亡的朋友而激怒，不想寬恕他。"你這個叛徒，"他憤怒地罵着，"我將在岳父的房子裏給你永遠豎立一塊紀念碑！"

菲紐斯左躲右閃，不想看到那可怕的頭顱，可是它卻終於進入了菲紐斯的視野。一剎時，菲紐斯帶着可怕的神色僵硬成一團。他雙手下垂，呈現一副當差聽命的僕人姿態。

珀耳修斯終於能夠帶着年輕的妻子安德洛墨達返鄉了。他們恩愛無比，前程輝煌，並且看到了母親達那厄。當然，珀耳修斯始終記着外祖父阿克里西俄斯所遭受的折磨。外祖父由於害怕神諭，悄悄地逃到彼拉斯齊國當了國王。珀耳修斯來到時，那裏正在舉行比武。他不知道外祖父就在這裏當國王，還準備去亞各斯問候外祖父。珀耳修斯看到比武十分高興，抓過一塊鐵餅扔出去，不幸正好打中外祖父。不久，他就知道了事情的原委，明白了打死的人是誰。他非常悲痛地在城外擇地埋葬了外祖父阿克里西俄斯。

外祖父死了以後王國也就歸屬珀耳修斯。從此以後命運再也不妒嫉他了。安德洛墨達給他生了一群可愛的兒子，父親的榮譽永遠埋藏在兒子們的心中。

女神的報復

卡呂冬國的國王俄紐斯十分虔誠，他把這一年獲得豐收的首批果實祭給眾神：穀物歸得墨忒耳，葡萄歸巴克科斯，油料歸雅典娜。每位神祇都有相應的祭品，可是他卻忘掉了月亮和狩獵女神阿耳忒彌斯。她的祭壇前空空如也，連香火也沒有。女神十分生氣，決定報復國王。

阿耳忒彌斯朝卡呂冬國的原野上送去一頭巨大無比的野豬。野豬血紅的眼睛裏噴射出熊熊燃燒着的火焰。豬背又闊又硬，一副獠牙往外叉着，如同象牙一般。牠在莊稼地裏來回踐踏，把葡萄和橄欖連藤連枝一起咬斷吃掉。牧人和牧羊狗看到牠都趕緊躲開，根本沒有辦法守護牧羊。野豬成了可怕的妖怪。

國王的兒子墨勒阿革洛斯挺身而出。他召集一批獵人和獵犬，準備捕殺這頭兇惡的野豬。他邀請了全希臘國一批最勇敢的人前來圍獵。其中也有來自亞加狄亞的英雄處女阿塔蘭忒。

她是伊阿里斯的女兒，幼年時被遺棄在樹林內，由一頭母熊哺乳。後來，她被獵人發現帶回，並由獵人將她撫養成人。從此她就依樹林為家，靠狩獵為生，出落成一位漂亮的女子，卻對男人十分仇恨。她拒絕一切男人。有兩個半人半馬的妖怪企圖在荒野之中伏擊她，都被她用弓箭徹底制服。現在，她對狩獵十分感興趣，顧不上人間陌生的拘束了。她把頭髮挽成髮髻，象牙色的箭袋掛在肩上，左手操弓，臉色紅潤，儼然一位風流倜儻的美男子。

墨勒阿革洛斯看到這位女子人才出眾，便尋思着："能夠娶這位女子為妻的丈夫該是多麼幸福啊！"時間讓他來不及多加思索，因為危險的狩獵任務迫在眉睫，再也不能拖延了。

獵人們首先來到一座原始老林，它從平原緩緩沿山坡盤旋而上。男人們來到這裏以後，大家分頭行事。一部分人張羅地網架設陷阱；一部分人解開獵犬的鐵繩；又有一部分人順着蹤跡追趕下去。

不一會，他們來到一座峻峭的山谷，山谷裏長滿了燈芯草和沼澤水草。柳樹和蘆葦密密麻麻連成一片，野豬就躲在這裏。牠被許多獵犬驚擾，躥了出來，折斷了大量樹木。獵人們齊聲呼喚，緊緊抓住鐵矛，眼看着野豬面對面地衝了過來。不料野豬看到前面人多勢眾，便朝斜裏穿了過去。獵人們趕緊追過去，朝牠投槍，投擲飛鏢。可是這一切都無濟於事，反而激怒了牠的野性。牠瞪着冒火的眼睛重新轉過頭來，撲向獵人。一會兒，三個獵人已被牠踹倒在地，幾乎當場死去。

阿塔蘭忒及時趕到。只見她彎弓搭箭，朝着野豬射去一箭，正中野豬耳下。豬鬃上第一次沾上了血跡，染成一片通紅。

墨勒阿革洛斯看到野豬受了傷，立即給獵人們報出了這一好消息。男人個個羞愧難當，因為一個女人竟然跑在他們頭上立下大功。他們猛地跳起身子，又把長矛和飛鏢朝野豬扔過去。可是這一陣混亂反倒妨礙了圍獵野豬。有個亞加狄亞人憤怒地撲上去。他用

雙手舉着一柄利斧，可是他剛到野豬旁邊，還沒有來得及砍殺，就被野豬的獠牙拱翻在地，差點送了性命。

這時候，只見伊阿宋投去一槍，不料正好打中一條獵狗。墨勒阿革洛斯接連投出兩槍，第一槍投在地上，第二槍正好打中豬背。野豬獸性大發，在原地暴躁地打轉，口中噴吐着鮮血和白沫。墨勒阿革洛斯趕上去，舉起長槍，一槍刺進野豬的頸背。剎時間，獵人們紛紛舉槍刺殺，野豬頓時被戳成一團蜂窩。牠掙扎着倒在血泊之中，奄奄一息了。

墨勒阿革洛斯一腳踏在死豬的頭上，用劍連毛帶肉地剝下了豬皮。他把豬皮連同豬頭一起交給勇敢的阿塔蘭忒，對她說："收下獵物吧！按理說牠應該歸我。可是其中更大的榮譽卻是屬於你的！"

獵人們卻認為她不該享受這份榮譽。他們站在一旁，口中憤憤不平。墨勒阿革洛斯的幾個舅舅更是不服，緊握着拳頭，猛地站到阿塔蘭忒面前，說："放下手中的獵物，你休想取得這份不義之財，牠是屬於我們的！"說完，他們從女人那裏把禮物拿過來就走了。墨勒阿革洛斯哪裏受得了這樣的侮辱，他大叫一聲："你們這批強盜！"挺起長矛就朝一個人刺了過去。等到第二個舅舅剛剛明白怎麼回事時，墨勒阿革洛斯的長矛也已經在他身上前胸而進，後胸而出了。

再說墨勒阿革洛斯的母親阿爾泰亞聽到兒子圍獵野豬的勝利十分高興。她匆匆忙忙地前往神廟，準備去給神擺設祭供，感謝神靈佑護。途中，她看到的卻是人們正抬着她兩位兄弟的屍體。阿爾泰亞匆忙趕回宮殿，穿上哀悼的禮服。可是阿爾泰亞卻聽說兇手原來是自己的兒子墨勒阿革洛斯。她強忍着淚水，將一股悲哀變成滿腔仇恨，思量着想要替兄弟們報仇。

她想起墨勒阿革洛斯生下不久時命運三女神曾經前來祝福過。"你的兒子將成為一個勇敢的英雄，"第一個女神預言說。"你的兒子壽命好像……"第二位女神還沒有說完，第三位女神就接過了話頭："木柴一樣，它擱置在爐子上熊熊燃燒，火苗永遠也不會消失。"命運女神剛剛離開，作為母親的阿爾泰亞連忙把木柴從火中抽出來，用水澆滅，然後藏在自己的臥室裏。

現在她悲憤異常，又想起這段木柴，於是匆忙走進房間，吩咐僕人用大根硬木架在樹枝上，下面點起熊熊大火。阿爾泰亞的心裏交織着母親之愛和手足之情的矛盾。她四次走近火堆，準備將木柴扔入火苗，又四次把手抽了回來。終於，兄弟的情誼戰勝了母愛。她呼喊了一聲："啊，復仇的女神們，請你們前來看顧這根烈火中的祭品吧！還有你們，我的兄弟們，你們剛逝的亡靈，也張目觀看吧，我在為你們幹着甚麼事？一顆母親的心已經破碎。不久，我也將步你們的後塵，趕上你們！"說完，她閉上眼睛，用一隻顫抖的手將木柴投進熊熊燃燒的烈火。

墨勒阿革洛斯這時候正在回城的途中。突然他感到內心有一股難以名狀的灼痛。剛到宮殿，難以忍受的疼痛迫使他一頭躺倒在牀鋪上。他竭力地掙扎着，心裏十分羨慕那些凱旋歸來的獵友們。他們一個個興高采烈，慶祝狩獵的勝利。墨勒阿革洛斯趕緊把兄弟和妹妹、年邁的父親以及心力交瘁的母親喊到跟前。母親還呆呆地站在火堆旁，瞪着一雙遲鈍的眼睛看着烈火在熊熊燃燒。兒子的痛苦隨着火焰而劇烈。最後，當木柴成為一片蒼白的灰燼時，兒子的痛苦也徹底消失了。父親、姐妹和整個卡呂冬都為失掉了這位英雄而悲哀。只有母親遠遠地站在那裏，人們看到她始終不忍心離開火堆，不過她已經死了。

關於墨勒阿革洛斯還有一則更為古老而又簡單的傳說，其中沒有阿塔蘭忒的故事。那一天，墨勒阿革洛斯捕殺了兇惡的野豬。這件事惹惱了月亮和狩獵女神阿耳忒彌斯。她挑動附近的庫埃特人跟墨勒阿革洛斯的埃陀利亞人發生爭鬥。墨勒阿革洛斯十分悍勇，只要他披掛上陣，庫埃特人總是大敗而逃。他們趕緊躲在城牆後面，尋找逃命的地方。

有一回，墨勒阿革洛斯在戰鬥中打死一名庫埃特人，不料他卻是墨勒阿革洛斯的舅舅。母親阿爾泰亞聽到消息禁不住把兒子詛咒一頓。殘暴的復仇女神厄里倪厄斯聽到了咒罵。這是一位兇惡的女神，她身材高大，眼中冒血，頭髮由許多毒蛇盤結而成，專管懲罰人間罪惡，尤其對家庭和氏族內部不和更是嚴懲不赦。

墨勒阿革洛斯取得了勝利，卻受盡了屈辱。他非常生氣，回到城裏閉門不出。不久，庫埃特人又耀武揚威地湧到城門下。他們大肆叫罵，百般尋釁。卡呂冬國陷入一片恐慌。城內的老人和祭司，年邁的父親俄紐斯跪在他的腳下。姐妹們，朋友們，甚至包括後悔莫及的母親都來到他的房間，可是他們都不能讓他回心轉意。

　　庫埃特人已經朝城內開火了。炮彈落在宮殿上下，城內一片火海。這時候，墨勒阿革洛斯的夫人克勒俄帕特拉也來請求。墨勒阿革洛斯見夫人虔誠懇切，終於答應再上戰場。他拿起武器，把庫埃特人徹底打敗。可是他自己卻也沒有能夠活着回來。復仇女神聽信了他母親的詛咒，讓他正在青春年華時英年早逝。據說，墨勒阿革洛斯是被阿波羅的弓箭射死的。

趣味重溫（1）

一、你明白嗎？

1. 參與製造潘多拉的神有（　　）、（　　）、（　　）、（　　）。"潘多拉的盒子"代表着（　　）。

2. 將普羅米修斯鎖在峭壁上的是（　　）和（　　），解救普羅米修斯的是（　　），作為替身代普羅米修斯受刑的是（　　）。
   - a. 宙斯
   - b. 克拉托斯
   - c. 赫淮斯托斯
   - d. 赫拉克勒斯
   - e. 農亞
   - f. 喀戎

3. 赫耳墨斯為了從百眼巨人阿耳戈斯手中解救變成小母牛的伊娥，使用了以下哪些方法（　　）。
   - a. 吹牧笛
   - b. 用木棍催眠
   - c. 刺瞎怪神的眼睛
   - d. 講故事
   - e. 比試劍法

4. 試將下列希臘女神的尊號和姓名連線搭配。

智慧女神 •	• 阿佛洛狄忒
海洋女神 •	• 得墨忒爾
農林女神 •	• 阿耳忒彌斯
魔術女神 •	• 忒提斯
愛與美的女神 •	• 喀耳刻
月亮與狩獵女神 •	• 雅典娜

二、想深一層

1. 眾神創造了五代人類，每一代人都有各自鮮明的特點，試根據內文補充以下表格，比較這五代人類的不同性格和歸宿。

時代	特點	歸宿
黃金時代	善良安詳，無憂無慮	成為佑護神，飄浮在地面的上空
白銀時代	a	b
青銅時代	c	d
神的英雄時代	e	f
鐵的時代	g	h

2. 宙斯為甚麼要引發大洪水滅絕鐵的時代的人類呢？　　（　　）

   a. 對普羅米修斯盜取天火的報復

   b. 對國王呂卡翁的冷淡和殘暴不滿

   c. 鐵的時代的人類互相殘殺

   d. 鐵的時代的人類不尊敬神

3. 珀耳修斯成人以後外出歷險，經歷了許多磨難，也得到了諸神的幫助和饋贈。試將他的經歷按先後順序排列：　　（　　）

   a. 解救公主安德洛墨達

   b. 從眾神的使者赫耳墨斯處得到鐵鐮刀

   c. 錯手打死了外祖父阿克里西俄斯

d. 遇到只有一隻眼睛和一顆牙齒的妖怪格賴埃

e. 從仙女那裏得到了神袋、飛鞋、狗皮頭盔

f. 斬殺了蛇髮女妖墨杜薩

4. 卡呂冬國的王子墨勒阿革洛斯在獵殺野豬的過程中，體現出了他的多重性格，請根據下列行動或對話，從框中找出王子相對應的性格特徵。

> 重義氣　　衝動急暴　　勇敢　　機智　　公正　　偏激　　多疑

a. 墨勒阿革洛斯接連投出兩槍，第一槍投在地上，第二槍正好打中豬背，野豬獸性大發，在原地暴躁地打轉，口中噴吐着鮮血和白沫。墨勒阿革洛斯趕上去，舉起長槍，一槍刺進野豬的頸背。　　　　　　　　　　（　　）

b. 墨勒阿革洛斯一腳踏在死豬的頭上，用劍連毛帶肉地剝下了豬皮，他把豬皮連同豬頭一起交給勇敢的阿塔蘭忒，對她說：“收下獵物吧！按理說牠該歸我。可是其中更大的榮譽卻是屬於你的！”　　　　　　　（　　）

c. 墨勒阿革洛斯哪裏受得了這樣的侮辱，他大叫一聲：“你們這批強盜！”挺起長矛就朝一個人刺了過去。等到第二個舅舅剛剛明白怎麼回事時，墨勒阿革洛斯的長矛也已經在他身上前胸而進，後胸而出了。　　　　（　　）

三、延伸思考

1. 希臘神話中，最初的人類是由普羅米修斯捏泥創造的。在中國神話中，也有女媧捏泥造人的傳說，人類起源的故事為甚麼如此近似？

2. 墨勒阿革洛斯一怒之下殺死了自己的舅舅，阿爾泰亞在母親之愛和手足之情之間矛盾，最終還是為弟弟報仇而殺死了自己的兒子。你怎麼看待這位母親的行為？在你心中，哪種感情是最重要的呢？

第三卷　英雄傳説

智取金羊皮

　　伊阿宋是埃宋的兒子，克瑞透斯的孫子。克瑞透斯在帖撒利國的海灣築造了一座城市，建立了愛俄爾卡斯王國。他把王國傳給兒子埃宋。後來，埃宋的弟弟珀利阿斯篡奪了國家。埃宋死後，他的兒子伊阿宋被送到半人半馬的肯陶洛斯族人喀戎處。伊阿宋在那裏長大成人。

　　時光如水。伊阿宋二十歲了。他動身回到家鄉，準備向珀利阿斯討還理屬歸他的王位。伊阿宋一路來到愛俄爾卡斯，看到廣場上一群人忙忙碌碌。原來是叔父珀利阿斯正在廣場上率領着人馬給海神波塞冬虔誠地供獻祭品。

　　人們看到伊阿宋，紛紛稱讚他是一位標致的少年，説他氣宇非凡，具有王室風度。有人甚至説一定是阿波羅或者阿瑞斯突然降臨人間。這時候，擺設祭品的國王也抬頭看到了走近過來的伊阿宋。國王吃了一驚，他立即朝陌生人走了過去，問來人是誰，家住哪裏。伊阿宋回答説，他是埃宋的兒子，在喀戎的洞府中長大。他現在回來了，想要看看父親的房子。

聰明的珀利阿斯聽後連忙堆下一臉笑容，友好地接待客人，不讓絲毫的驚恐與不安表露在外。他命人帶領伊阿宋在宮殿內到處走了一遭。伊阿宋極力稱讚父親的住房，他謙恭地對叔父說：“國王，正如你知道的，我是合法君王的兒子，這裏被你佔領的一切都是我的財產。我願意把羊群、牛群和土地都給你，儘管這些都是被你霸佔過去的。我要討回的只是國王的權杖以及我父親曾經坐過的王位。”

珀利阿斯友好地回答說：“我願意滿足你的要求。可是你也應該容許我有一個請求，希望你能給我完成一椿事業。我因為年邁體弱，自覺難以勝任這項使命。長期以來，我在夜晚夢中都看到了佛里克索斯的陰影。他要求我超度他，滿足他的靈魂願望。按理說我應該到科爾喀斯去，尋找國王埃厄忒斯，並從那裏取回他的遺骸和金羊皮。現在只得把任務委託給你，你可以在這場事業中獲得巨大的榮譽。如果你能取回這筆寶貴的戰利品，那麼就能從我的手中獲得國王的權杖和王國。”

金羊皮的來歷是這樣的：佛里克索斯是玻俄提亞國王阿塔瑪斯的兒子。為了保護兒子免遭妃子的迫害，佛里克索斯的生母涅斐勒讓兒子和女兒騎坐在生有雙翼的公羊身上。公羊的羊皮是純金的。那是眾神的使者、亡靈接引神赫耳墨斯送給她的禮物。姐弟兩人乘坐怪騎在空中飛過了陸地和海洋。不料姐姐赫勒在途中一陣頭昏目眩，竟從羊背上跌落下去，摔在海裏，淹死了。佛里克索斯平安地來到黑海海濱的科爾喀斯王國，受到國王埃厄忒斯的熱情接待。國王把女兒契俄柏嫁給佛里克索斯。佛里克索斯用金羊祭供宙斯，感謝宙斯幫助自己成功地逃脫厄運。然後，他把剝下的金羊皮作為禮物，獻給國王埃厄忒斯。國王命人把羊皮張開，用釘子釘在紀念阿瑞斯的神林裏，再派一條火龍專門看守金羊皮。

金羊皮被看作稀世珍寶，希臘人對它議論紛紛。一些英雄和君王對金羊皮嚮往日久，垂涎欲滴。因此，珀利阿斯國王理所當然地認為，應該激發伊阿宋去獲得這件寶貴的戰利品。伊阿宋欣然答應。他不明白叔父的真正用意，不知道叔父其實希望伊阿宋客死他鄉。叔父不相信他能經歷如此巨大的冒險，還能活着回來。

聞名希臘的英雄們都被召集起來，他們決心共同參加這一場英勇的事業。聰明卓絕的希臘建築大師阿耳戈在佩利翁山腳下按照雅典娜的指示，用浸在水中不爛的堅木造了一條華麗的大船，船上共有五十把船槳。大船按照建築師的名字稱作阿耳戈號。阿耳戈號船是希臘人用於航海的最大的一條船。女神雅典娜從多度那宙斯神殿前一棵會說話的大櫟樹上鋸下一塊可供占卜用的木板，將它安裝在桅杆上。華麗的大船上裝飾着許多美麗的花紋板，可是船體卻很輕，英雄們嘿唷一聲就能把它架在肩膀上運走。

伊阿宋把他的船祭獻給海神波塞冬。起航前，他們給波塞冬和一切海神祭供犧牲，虔誠地禱告，祈求保佑。眾位英雄在船中坐定。伊阿宋一聲令下，有人啟動船錨，五十支船槳一起划動。順風順水，船借風勢，不一會大船便離開了愛俄爾卡斯島。英雄們鬥志昂揚，他們駛過了海島和山巒。第二天，海上起了一陣巨風。滔天的波浪把英雄們一直推到雷姆諾斯島的港口。

阿耳戈英雄們歷盡艱辛，終於到達了目的地，來到法瑞斯河的出海口。有幾個人高興地攀懸上桅杆，拆了船帆，用槳把船划到河流的寬闊處。波浪似乎都在船前繞開了道路。他們看到船的左邊是高加索山和科爾喀斯王國的首都基泰阿城。右面是一望無際的田野和阿瑞斯的聖林。金羊皮張開着掛在櫟樹樹枝上，旁邊是一條巨龍，瞪大着眼睛看守着。

阿耳戈英雄們正在議論紛紛地討論，伊阿宋站立起來，說："我提議：大家都要安靜地留在船上，不過要武器在手，作好準備。我想帶佛里克索斯的兒子，另外再從你們中間挑選二人，一起進入國王埃厄忒斯的宮殿。我將好言相問，看他是否願意把金羊皮交給我們。毫無疑問，他會拒絕我們的請求，那麼以後所可能發生的一切，都必須歸咎於他。"

年輕的英雄們同意伊阿宋的主張。他手持赫耳墨斯的和平杖，帶着佛里克索斯的兒子以及夥伴忒拉蒙和厄利斯國王奧革阿斯離開大船。為了讓伊阿宋和他的隨從一路上沒有干擾和阻礙，阿耳戈英雄的佑護女神施法在城內降下濃幛密霧。直到英雄們進入宮殿以後，她才把重霧驅散。

阿耳戈英雄們迎面看到幾座宮殿。一座宮殿裏住着國王埃厄忒斯，另一座宮殿裏住着他的兒子阿布緒爾托斯，其他的房間裏住着宮廷使女和國王的女兒卡爾契俄珀和美狄亞。小女兒美狄亞幾乎很少露面，常常在赫卡忒神廟裏生活，是赫卡忒的女祭司。這一回卻是出於赫拉的原因。赫拉是希臘人的佑護女神，她讓美狄亞留在宮殿裏。

正當美狄亞離開自己的房間，準備去姐姐那裏時，在途中撞見了一批英雄。姑娘猝不及防，驚叫一聲。卡爾契俄珀聞聲急忙開門出來，卻突然歡呼地叫了起來，因為她看到面前站着自己的四個孩子，那是佛里克索斯的兒子。真是喜從天降，孩子們也立即撲入母親的懷抱。

埃厄忒斯和他的王后厄伊底伊亞聞聲趕來。不一會，大院裏擠滿了人。僕人們忙碌着宰殺一頭大公牛，用來款待客人。另一些人劈木柴，生火。第三部分人急忙燒水待客。正在大家忙碌不堪的時候，愛神卻高高地飛翔在空中。她從箭袋中抽出一桿羽箭，然後無聲無息地朝地面降落下來，蹲伏在伊阿宋的身後，目光炯炯地瞄準了國王的女兒美狄亞。一會兒，箭已着身，美狄亞覺得心口一陣絞痛。姑娘深深地呼吸着，不時悄悄地抬起目光注視着伊阿宋。除此以外，她覺得思想裏空空如也。

嘈雜聲中，大家都沒有發現美狄亞的變化。僕人們端上佳餚美酒，阿耳戈英雄用熱水沐浴，然後高高興興地坐上餐桌，開懷暢飲。席間，埃厄忒斯的孫子敍述了途中的遭遇，國王趁機悄悄地跟他打聽這批陌生人是誰。"我不想對你隱瞞，祖父，"阿耳戈斯輕輕地附在他的耳後，說，"這些人是為了金羊皮前來找你

的。有個國王想把他們趕出故國家園，因此給了他們這個危險的任務。他希望這批英雄會招惹宙斯的憤怒，會招致佛里克索斯的報復。帕拉斯·雅典娜幫助他們造了一條大船，非常牢固。大船經歷了多少風浪，牢不可破。希臘國的英雄們大膽地聚集到船上，英勇無比，一往無前。"

國王聽到這裏吃了一驚，他對孫兒們十分生氣。他認為無風不起浪，一定是孫兒們招引來這麼多陌生人，現在聚集在王宮大院。國王眨巴着眼睛，眼睛裏充滿着怒火。他大聲地說："你們這批叛徒，滾出去，別讓我看見你們！你們不是來取金羊皮，而是來搶我的王杖和王冠。要不是你們遠道而來，我今天真的會大發雷霆！"

伊阿宋說："埃厄忒斯，請你放心，我們來到你的城市，進入你的宮殿，卻不是為了前來搶劫。誰願意漂洋過海，經歷如此險惡的行程，掠奪一些陌生的財產，從而使自己富裕起來呢？可憐我的家庭命運和兇惡的國王命令把我推上了這條途徑。你如果把金羊皮贈送給我，整個希臘國都會因此而稱讚你，我們也一定以行動來感謝你。如果你遇上戰事，那就可以把我們看作你的同盟兄弟。"

伊阿宋說這番話，想要安慰國王，國王卻在暗暗思量如何當場把這批人殺死或者預先試試他們的力量。經過一陣激烈的思考，他漸漸地平靜下來，說："我們何必如此害怕呢？如果你們真是神的兒子，那麼就可以把金羊皮帶回去。可是你們如何才能向我顯示才幹呢？在阿瑞斯的田地裏放牧着兩頭公牛：鐵蹄，口中噴火。我習慣用這兩頭牛耕地。等我把土地全部平整以後，我在溝窪裏並不撒下穀物，而是播種醜惡的龍牙，龍牙入地後長出一群巨人，他們從四面八方朝我圍攏過來。我必須揮動長矛，把他們一個個打倒在地。陌生人，如果你能夠像我一樣行事，那麼在你事成的當天就可以得到金羊皮。”

伊阿宋一聲不吭地坐在那兒，拿不定主張，不敢不加思索地躍身於一場困難的冒險。後來，他拿定了主意，回答説：“不管這回任務多麼艱巨，我願意經歷一切考驗。國王，我不惜為此而獻身。對一個凡人來説，難道還有比死亡更糟糕的危險嗎？命運把我送到這裏，我樂意聽從它的安排。”

“好吧，”國王説，“你可以回到夥伴中去，可是應該好好地思考一下。如果你不能完成任務，那麼乾脆還是讓我去幹，你們儘快離開這裏，免得為難！”

伊阿宋和兩位隨從立即從座位上站起身來，佛里克索斯的兒子中只有阿耳戈斯願意跟隨他們，一行數人離開了宮殿。美狄亞透過面紗觀察着伊阿宋，她的思緒早已魂牽夢繞地跟着他一路去了。

他們已經回到船上，來到夥伴中間。伊阿宋介紹了他對國王的承諾，朋友們一聲不吭地坐在那裏。阿耳戈斯説：“我認識一位姑娘，她會使用魔湯。她是我的母親的妹妹，讓我去説服母親，爭取那位姑娘支持我們。到那時候我們才可以談得上戰勝各種冒險。伊阿宋才能履行自己的責任和義務。”伊阿宋支持阿耳戈斯的主張。大船靠在岸旁，大家在船上等待着使者帶回來喜訊。

阿耳戈斯果然找到了母親，請她說服美狄亞幫助希臘英雄。卡爾契俄珀十分同情那位陌生男子，可是她不敢惹父親生氣發火。現在看到兒子懇切相求，她答應給予幫助。

美狄亞煩躁不安地躺在牀上。她做了一個可怕的惡夢。在夢中她看到伊阿宋正在跟公牛搏鬥，他這回不是為了金羊皮，而是為了要娶美狄亞為妻，要把她帶回家鄉。於是，伊阿宋跟公牛展開了生死決鬥。美狄亞十分起勁，她似乎親自參加決鬥並戰勝了公牛。沒料想她的父親卻不守信義，拒絕給予伊阿宋已經答應了的代價和條件。於是在父親和陌生人之間又開始了激烈的爭執，雙方都拉她當仲裁。她在夢中選擇了陌生人。父母親痛哭流淚，突然間又大聲叫喚起來——叫喚聲把美狄亞從夢中驚醒了。

卡爾契俄珀趕來，看到妹妹面色羞紅，雙淚直下，心裏非常同情。她問：“發生甚麼事了？你病了嗎？”

美狄亞臉上泛起一陣紅暈。她十分害羞，不敢說話。可是愛情給了她勇氣。於是，她繞了一個彎子，機智地說：“卡爾契俄珀，我為你的兒子們擔憂，我害怕父親會把他們連同陌生人一起殺掉。這是我在夢裏見到的可怕情景。但願眾神保佑，讓夢景不得靈驗。”

卡爾契俄珀聽了十分害怕，“我就是為此來找你的，”她說，“為了我的孩子，你也應該給那位陌生人一個辦法，讓他幸運地完成那場可怕的決鬥。我的兒子阿耳戈斯以他的名義請求我，希望得到你的幫助。"

美狄亞的心高興得激烈地跳動起來。她滿面通紅，不由自主地衝口說出一番話："卡爾契俄珀，如果你的生命以及你的兒子的生命安危不能成為我最關心的事，那麼明天的曙光就不再為我照耀。明天我將趕大早去赫卡忒神殿，為陌生人取拿魔藥，它能夠緩和公牛的攻勢。"

卡爾契俄珀離開了妹妹的閨房，她給阿耳戈斯送去令人安慰的消息。

東方剛剛透現魚肚白，一抹朝霞還沒有照亮天空，姑娘便急忙從牀上跳下來，紮好金黃的頭髮。她從臉頰上擦去最後的一絲淚痕，用花蜜般的脂霜打扮了一通。她敏捷地穿過宮殿，命令十二名女僕，迅速給她駕車，把她送到赫卡忒的神殿。美狄亞自己則從小箱子裏取出一種藥膏，人們稱之為普羅米修斯油。這是一種寶物，如果有人前往冥府懇求女神，然後又用這種藥膏塗抹全身，此人在那一天將會刀槍不入，火燒不進，可以在整整一天內所向無敵，戰無不勝。藥膏是由一種根鬚的黑汁製成的。說來話長，普羅米修斯的肝臟被啄食的傷口不癒，滴血不止。他的血流入地裏，從中長出的幼芽，生成根鬚，裏面的黑汁熬成藥膏，所以稱為普羅米修斯油。美狄亞親自用一隻貝殼，一滴滴地積聚了這類植物的寶貴汁液。

馬車已經備好，兩個使女跟女主人一起登上車。美狄亞接過韁繩和馬鞭，揚鞭催馬，兩旁的行人都恭恭敬敬地為國王的女兒讓路。

阿耳戈斯和他的朋友伊阿宋以及利用飛鳥占卜的莫珀索斯一路趕來。赫拉讓她的佑護弟子伊阿宋今天更加氣宇軒昂，身段不凡。美狄亞不時地透過廟門朝大街上張望，一有腳步聲，甚至風聲，她就急忙探出頭去，想要聽個明白。伊阿宋和他的朋友終於跨進了大殿，風流倜儻，十分自豪，猶如大海中升起的天狼星，神采奕奕。姑娘猛地看到英雄，連呼吸都停住了。她眼前一陣漆黑，雙頰一陣發熱，心慌意亂，不知道怎麼辦才好。

伊阿宋和美狄亞面對面站着，沉默了好一陣子。最後，伊阿宋開口打破了沉默，"你為甚麼見我害怕呢？我是來求取援助的。請把答應你姐姐的魔藥給我吧，我需要你的幫助。我們阿耳戈英雄的母親和妻子們也許已經在悲哭我們的命運，你可以幫助她們摘除鑽心的煩惱。那樣，你會受到全希臘的尊重，希臘人將會把你當作神。"

美狄亞默默地聽他說完，微笑着看着地面，為受到稱讚而高興。多少話湧到嘴邊，她多麼希望把一切都告訴他啊！可是她還是一聲不吭，只是從小箱子上解下噴香的紮帶，伊阿宋連忙從她手中接了過去。她多麼希望趁機把自己的心從胸膛裏剖開，也一起送給他，如果他需要的話。他們都害羞地看着地面。然後，兩束眼光終於渴望地交織在一起，激起了多少愛的火花。

美狄亞說話時顯得很艱難，"聽着，我將如何幫助你：如果我的父親把龍牙交給你，讓你去播種，那

精選希臘神話

英雄傳說

麼你可以先在河水中找一寂靜之處，下去洗個澡，然後穿上黑衣衫，在地上掘一道旋轉式的土溝，填上一堆木柴，殺一頭母羊羔，架在木柴堆上燒掉，再用甜甜的蜂蜜給赫卡忒祭獻一杯飲料。等這一切做完以後你再離開木柴堆。可是，不管你身後響起腳步聲或聽到狗的吠叫，你都不能轉過身去。否則，祭獻的犧牲會變質壞掉。等到第二天清晨，你可以用我給你的魔藥塗抹全身。魔藥具有無窮的力量。你不僅可以感覺到能夠戰勝一切凡人，甚至超過一切仙人。你還應該把你的長矛、寶劍和盾牌也抹上一層油脂，那麼你就能夠刀槍不入，火燒不傷。當然，你的強大只能維持一天時間。你就在那一天前去戰鬥。我還可以給你一點幫助。當你套上公牛，耕遍土地，播種完龍牙，並看到龍牙破土而出的時候，你別忘掉往裏面扔一塊大石頭。狂怒的傢伙們將會激烈地爭奪石頭，就像一群瘋狗爭搶一塊麵包一樣。你應該趁機撲進去，把他們一一砍翻在地。那時候你也許可以毫不費力地從科爾喀斯取回金羊皮，離開這裏！對，從此以後，你可以離開這裏，只要你願意。"

• 63

說話的時候，她早已雙頰流淚。因為她想，果真如此，陌生人可就又要漂洋過海，離開科爾喀斯了。她悲傷地握住對方的右手，心裏止不住地一陣陣痛苦，說："你回去以後，別忘掉美狄亞。我也會惦念你的。告訴我，你的祖國在哪兒？是啊，你將和夥伴們一起乘坐美麗的大船回到故國家園。"

伊阿宋感到有股抵禦不住的感情，他也深深地愛着美狄亞：“請相信我，高貴的公主，我只要能夠逃離大難，將會日日夜夜地懷念你。我的家鄉在帖撒利的愛俄爾卡斯，那是普羅米修斯的兒子丟卡利翁建造許多城市和廟宇的地方。你如果跟我一起回到希臘，一起回到我的故鄉，那裏的女人和男人們都會尊重你，把你看作神一樣，向你祈求，因為你的建議讓他們的兒子、兄弟、丈夫避免了死亡。而且你還完全屬於我，除了死神以外，誰也不能奪走我們的愛情！”

美狄亞聽到此話感到十分幸福，可是她同時又思量起來，因為要離開自己的祖國，那是多麼的可怕啊。不過她還是決定到希臘去，那是因為赫拉撩撥了她的心緒。女神希望作為科爾喀斯女子的美狄亞離開自己的祖國，前往愛俄爾卡斯，從而幫助伊阿宋識穿珀利阿斯的陰謀。

再說女僕們在門外焦急地等待着。時間過得很快，美狄亞早就應該回去了。要不是細心的伊阿宋提醒她，她也許還真的忘掉回家了哩。

伊阿宋滿懷喜悅地回到船上，興致勃勃地告訴夥伴們，說美狄亞已經把魔藥交給了他，阿耳戈英雄們十分高興。第二天早晨，他們派了兩位勇士去見埃厄忒斯，準備催討龍的種子。國王把幾顆龍的牙齒交給他們。那條龍是被底比斯國王卡德摩斯殺掉的。國王胸有成竹，知道伊阿宋絕對完成不了播種龍牙的任務。

接到任務以後，伊阿宋趁着深夜在河水裏洗了一個澡。他完全按照美狄亞的吩咐，又給赫卡忒祭獻犧牲，用魔油塗抹了長矛、寶劍和盾牌。夥伴們在他周圍舞槍弄棒，想跟伊阿宋的長矛較量一番。不料長矛堅硬如山，誰也別想將它弄彎。伊阿宋又用油把自己的身體擦拭一遍。他突然感到四肢無比強大，力量大增。英雄們陪着他們的首領搖船前往阿瑞斯田地，國王埃厄忒斯率領一群人已在等候他們。

他們把船攏岸、紮緊。伊阿宋首先跳下岸去。他手執長矛、盾牌，拿出頭盔，接到國王遞給的龍牙。龍牙又尖又硬，裝滿了一頭盔。然後，他把寶劍用一根皮帶斜掛在肩膀上，邁步朝大田走去。他看到地上放着沉重的軛具，那是準備套公牛耕田用的。旁邊擱着耕犁和犁鏵，全是鐵製的。他把槍尖緊緊地擰在長矛頂端，把頭盔擱在地上，然後手持盾牌，大步流星地朝前走去。他瞅準機會，一把抓住牛角，用盡力氣，把公牛拖到擱軛具的地方。他往公牛前蹄上踢去一腳，猛地使牛腿彎曲着跪倒在地上。然後他又用同樣的方法制服了第二頭公牛。

伊阿宋手執長矛，用槍尖逼着倔強、暴躁而又噴吐火焰的公牛拉犁耕田。土地在犁尖下鬆動，巨大的土塊在溝窪裏滾動。伊阿宋一步步地跟上，開始播種龍牙，把龍牙撒在犁開的土地上。下午，整塊土地全部耕完了，公牛被解下了耕犁。

巨人從田地裏破土而出了。伊阿宋想起聰明的美狄亞的建議。他舉起一塊又大又圓的石頭，蹦跳着扔在巨人的中間，然後將身子悄悄地蹲下，躲在盾牌後面。地上冒出來的巨人開始像拚命爭搶的惡狗一樣蹦跳起來。他們相互殘殺，絕不留情，雙方都造成了致命的創傷。正當他們廝殺得昏天黑地時，伊阿宋撲進去，手起劍落，如砍瓜切菜一般，把這批巨人全部結果了。

國王大怒。他一言不發，轉過身子，回城去了。他的腦子裏只有一個想法，即如何才能對付伊阿宋。

國王埃厄忒斯連夜召集貴族們前來王宮商議對策，如何才能戰勝阿耳戈英雄。因為他已經聽說白天發生的這一切，都是由於女兒的參與和幫助，才使得那位希臘人獲得成功。赫拉女神看到這重危險，便撩撥起美狄亞的心緒，讓美狄亞內心充滿着畏懼。

美狄亞估計父親已經知道了她的行為。另外，她還擔心女僕們也知道了事情的底細。她想來想去，決定逃走。"再見了，親愛的母親，"美狄亞流着淚，自言自語，"再見了，卡爾契俄珀姐姐，還有你，我的父親的宮殿！唉，陌生人啊，要是世界上根本就沒有你，要是你在來到科爾喀斯之前就已經葬身大海，那該多好啊！"

她像一名逃犯似的，匆匆忙忙地離開了家鄉。她用咒語唸開了宮殿的大門，然後光着腳穿過一條條窄小的弄堂。她把面紗撩到鼻樑，用右手束住睡服，免得走路時受到影響。城門的守衛沒有看出她來。不一會兒，她來到城外。美狄亞從小路前往神殿，終於看到一陣陣歡樂的火光。那是英雄們為慶祝伊阿宋的勝利而通宵燃燒的篝火。

"救救我吧！"姑娘大聲急叫，"一切都已經敗露了，現在已經無計可施。在我父親尚未騎上快馬追趕過來時，請趕快駕船逃跑吧！哦，我再幫你們將金羊皮搶到手。我施用催眠術將龍送入夢鄉，你們就可以下手搶走金羊皮了。不過你，陌生人，可得當着眾位英雄的面向神宣誓，保證在那遙遠的陌生地方保護我的尊嚴！"

伊阿宋心內一陣歡喜，輕輕地把姑娘從地上扶起來，抱住她，說："親愛的，讓主宰婚姻的宙斯和赫拉作證，我願意把你當作我的原配夫人帶回家鄉！"宣誓完畢，他把自己的手放在她的手中。

美狄亞讓英雄們連夜動手，把船搖往叢林附近，準備前去搶奪金羊皮。伊阿宋和美狄亞從另一條草地小路上來到小叢林。他們努力地尋找那棵高大的櫟樹。那是張掛金羊皮的地方。不料他們卻看到對面有一條巨龍。巨龍精神抖擻，毫無倦意地伸長着脖子，朝他們迎面游來，龍口裏發出一陣陣可怕而又尖厲的吼叫。美狄亞毫無畏懼地迎了上去，以懇求的聲音呼喚睡神斯拉芙。那是諸神最強大的一位，具有無可阻擋的神奇本領。美狄亞請他呼喚妖魔入睡。同時，她又懇請冥府的強大女神，請求賜福，藉以實現自己的計劃。伊阿宋看着這一切，心裏也十分害怕。

說話間，他們看到巨龍已經在昏昏欲睡的魔幻歌聲中垂下了身體，牠那盤旋的身子慢慢地舒展開來。只有那顆醜惡的腦袋還保持着直立。牠張開大口，威脅着步步進逼的兩個陌生人。美狄亞跳上一步，用荊柏樹枝把魔液灑滴在巨龍的眼睛裏。一股香味直撲龍鼻，難以抵擋。現在，牠閉上大口，伸直了身體，穩穩地躺在長長的樹林裏，睡着了。

美狄亞拿出魔油塗抹巨龍頭額的時候，伊阿宋連忙從櫟樹上取下金羊皮。兩個人迅速離開阿瑞斯樹林。伊阿宋把金羊皮扛在肩膀上。一張大羊皮從他的脖子一直垂掛到腳跟，金光閃閃，照耀得田間阡陌一片亮堂。他連忙把金羊皮放下，捲起來，因為他擔心有人或者甚至神仙會看中這塊寶貝，把金羊皮搶走。

天剛曚曚亮的時候，他們回到了大船。伊阿宋給美狄亞在後艙準備了一張舒服的眠牀，他對眾位朋友開口說道：“親愛的朋友們，讓我們返航，回到家鄉去！由於這位姑娘的幫助，我們終於完成了使命。為表彰她的功績，我把她接回家鄉，娶她作為我的原配夫人。一路上你們應該幫助我照顧好她。我相信事情還沒有結束：埃厄忒斯馬上就會跟蹤而來，他會帶領人馬阻擋我們的歸路。你們可以輪流替換，一半人划槳，另一半人操長矛，執盾牌，準備打退他的進攻。”說完，他揮去一劍，砍斷纜繩，然後全副武裝地站在美狄亞和舵手安克奧斯旁邊。大船箭一般地朝着河流的出海口駛去。

魔女的愛恨情仇

街談巷議，傳說紛紛。埃厄忒斯和科爾喀斯人都知道了美狄亞的愛情，以及她的行為和逃跑的事。

大家操着武器，聚集在集市廣場上，然後急忙趕到河岸。埃厄忒斯乘坐一輛大車，駕車的馬匹全是太陽神借給他的。他左手拿一塊圓形盾牌，右手擎着一根巨形火把，粗大的長矛靠在他的身旁。他的兒子阿布緒耳托斯親自駕車。大隊人馬來到河流入海口時，阿耳戈英雄的船早已進入大海，只剩下一個黑點在巨流中上下顛簸。國王放下盾牌和火把，把雙手高高地舉起，對着天空，請宙斯和太陽神見證這場罪孽，然後憤怒地對屬下申明：如果他們不能把女兒美狄亞在水上或者岸上擒獲，他們一個個必須提頭前來相見。科爾喀斯人大為驚恐，連忙推船下海，升起船帆，直往前面黑點撲去。阿布緒耳托斯一馬當先，率領着全體追趕的船隻。

阿耳戈號大船在海洋上順風順水。到了第三天清晨，船已經進入哈律斯河。他們已到達巴夫拉哥尼阿海岸。按照美狄亞的吩咐，英雄們在這裏擺設祭祀，感謝赫卡忒女神救了大家。英雄們突然想起來，年邁的菲紐斯曾給他們一則預言，讓他們回來的時候選取另一條路，可是沒有人知道在哪裏。還是佛里克索斯的兒子阿耳戈斯有能耐，他從祭司文字中知道了那條路，於是大家把船駛入伊斯忒河。伊斯忒河發源於遙遠的律珀恩山地，一半流入愛奧尼亞海，另一半流入西西里海。正當大家議論紛紛的時候，天空上出現了一條寬闊的長虹，給英雄們指示了方向，同時又颳起一陣大風。天上的徵兆不停地啟示着大家，大家毫不猶豫地拔錨啟航，一路來到愛奧尼亞海和伊斯忒河的交叉口。河水平穩地流動着，似乎在歡迎英雄們凱旋歸來。

科爾喀斯人沒有放棄追趕。他們駕着輕舟，搶在英雄們的前頭到達伊斯忒河的入海口。他們埋伏在島嶼和海灣裏，準備切斷英雄們的歸路。阿耳戈英雄看到科爾喀斯士兵人多勢眾，嚇得棄船逃跑。他們躲在河流的島嶼上，不敢露面。科爾喀斯人到處尋找他們。一場短兵相接的遭遇戰眼看着避免不了，被逼得走投無路的希臘人準備談和。雙方議定：希臘人可以攜帶國王允諾的金羊皮返回家鄉，可是他們必須把國王的女兒送入另一座島嶼的阿耳忒彌斯神廟裏去。以後再由當地國王作仲裁，確定她到底回到父親那裏去，還是追隨阿耳戈英雄前往希臘國。

美狄亞憂心忡忡。她把心愛的人拉到一旁，禁不住雙淚直下，說："伊阿宋，你們為我作出了怎樣的決定？你難道忘掉了在困難時立下的莊嚴誓言嗎？因為相信你的講話，我才輕率地離開了祖國和父母親。我的大膽舉動幫助你獲得了金羊皮。為了你，我在自己的名下受盡了凌辱。我像你的妻子一樣跟你回希臘，你應該保護我。千萬別讓我任命運隨波逐流！要是那個仲裁把我判給父親，那我就完了；倘若你離開我，那麼你會無限地懷念我；金羊皮也會像夢一樣離開你，消失在冥王哈得斯的手中；我的復仇的靈魂將要攪得你心神不定地離開祖國，就像我離開自己的祖國一樣！"她任憑感情淋漓盡致地流露着，越說越激動。看到姑娘時，伊阿宋又撥動了自己的良心，他安慰着說："鎮靜！親愛的，我並沒有認真對待這個條約。我們只是為了你才尋找一個緩兵之計，因為我們面臨着一大群敵人。如果真的現在就與他們開戰，那我們一定會慘死戰場，那麼你的處境將更加沒有指望。實際上這個條約只是一種伏兵，它將會把阿布緒耳托斯打得落花流水，一敗塗地。"

聽完這番話，美狄亞又獻上一條惡毒的計策。"我已經作過一次孽，惹出一場禍，"她說，"現在已經到了無法回頭的地步，因此也不怕繼續作惡或作孽。你應該把科爾喀斯人打敗，我將愚弄一回我的兄弟，把他交在你的手上玩一通。你去準備一次豐盛的宴會。我再爭取說服傳令官，讓他們離開他，使得你們兩人單獨在一起。你可以趁機除掉他。"

英雄們給阿布緒耳托斯設下了埋伏。他們送去許多禮物，其中有一件華麗的紫金衣服，是雷姆諾斯女王為伊阿宋特意縫製的。狡猾的美狄亞告訴使者，讓阿布緒耳托斯趁黑夜前往阿耳忒彌斯神廟，她將在那裏思量一個計謀，讓阿布緒耳托斯重新把金羊皮搶到手，帶回去交給父親。美狄亞假惺惺地說她已經身不由己了，她是被佛里克索斯的兒子們用暴力抓住，交給陌生人的。

事情果然如她所預料的那樣，阿布緒耳托亞對美狄亞的信誓旦旦深信不疑。他在漆黑的深夜來到神聖的島嶼，希望從姐姐口中獲悉一則制服陌生人的計策。不料伊阿宋手提寒光閃閃的寶劍從背後衝出來。美狄亞急忙轉過身子，拉上面紗，不忍觀看弟弟被殺害的慘狀。可憐國王的兒子像一頭祭祀的牲口被伊阿宋砍殺得躺倒在地。天網恢恢，復仇女神把這一切都看在眼裏。她注視着這一場可惡的行為，眼神中流露出一陣陰暗。

伊阿宋掩埋屍體，清掃血跡的時候，美狄亞舉起火把，示意阿耳戈英雄趕快前來。夥伴們蜂擁般地登上阿耳忒彌斯島，如猛虎下山，撲向阿布緒耳托斯帶來的隨從。隨從們沒有一個逃脫死亡。

神話越傳越神。又有人說美狄亞帶着小弟阿布緒耳托斯一起逃往希臘，無奈父親緊追不捨。美狄亞舉刀殺掉了弟弟，然後把死者的屍體分段投入大海。埃厄忒斯在追趕途中一段段拾起小兒子的殘骸，最後放棄了追趕，帶着兒子的遺體無限悲痛地回到了科爾喀斯。

阿耳戈英雄們回到了祖國，美狄亞設計殺死了國王珀利阿斯，伊阿宋還是沒有能夠登上愛俄爾卡斯的寶座。儘管他為此經歷了危險的航程，把美狄亞從她的父親手上搶走，還殘酷地殺害了她的弟弟阿布緒爾托斯。王國已經傳給了珀利阿斯的兒子阿卡斯托斯。

伊阿宋只得帶領年輕的妻子逃往科任托斯。他們在那裏住了十年，美狄亞給他生下三個兒子，上面兩個是雙胞胎，名叫忒薩羅斯和阿耳奇墨納斯，第三個兒子叫蒂桑特洛斯，年齡尚小。又有人說他們其實只生了兩個兒子，名叫墨耳墨羅斯和菲勒斯。

在這段時間裏，美狄亞不僅年輕美貌，而且品格高尚，舉止得當，所以深得丈夫的鍾愛和尊重。可是時過境遷，她的魅力日見消失。伊阿宋又為科任托斯國王克雷翁的女兒所迷。姑娘名叫格勞克，十分漂亮。伊阿宋沒有告訴妻子，擅自向少女求婚。直到國王答應婚事，選定了結婚日期，他才打定主意，準備説服妻子美狄亞，讓她自願放棄迄今為止的婚姻。他信誓旦旦地説，他之所以選擇新的婚姻，並不是對他們原來的愛情感到厭煩，而是出於對孩子的擔憂和關心。他為了孩子的安全，方準備攀結王室親戚。

美狄亞非常憤怒，大聲地呼喚眾神前來作證。伊阿宋並無顧忌，還是準備與國王的女兒結婚。美狄亞絕望了，在丈夫的宮殿裏急得團團轉。"天哪，我還怎麼能活下去？讓死神前來憐憫我吧！呵，我的父親，我的故鄉，我多麼可鄙地離開了你們！啊，弟弟，我謀殺了你，你的血現在朝我流淌過來！可是，我的丈夫伊阿宋不該懲罰我，我是為了他才身染罪孽、難得清白的！正義的女神啊，但願你能毀滅掉他，毀滅掉他那年輕的姘婦！"

她正在宮中走動，又碰上伊阿宋的新岳丈，國王克雷翁。"你仇恨你的丈夫！"克雷翁跟她打了個招呼，"牽着你的兒子，立即離開我的國家。我在沒有把你趕出國境之前，決不回家去。"美狄亞強壓怒火，克制着自己，回答説："你為甚麼怕我惹禍，克雷翁？你給我幹了甚麼壞事，給我欠下了多大的債孽？你看中了那個男人，就把女兒嫁給了他。難道我得罪過你嗎？我只是仇恨我丈夫。可是木已成舟，但願他們像夫妻一樣，天長地久。讓我住在你的國度裏吧，我雖然受了極大的屈辱，但我會一聲不吭，安於弱者的命運！」

克雷翁看到她的眼睛裏充滿着仇恨。儘管美狄亞抱住他的雙腿，指着他的女兒格勞克的名字立下誓言，國王還是不敢相信。「走開！」他說，「別讓我還有這番隱患！」

美狄亞沒有辦法，只得要求延長一天期限，以便為孩子們選擇一下出逃的途徑和以後的歸宿。

「我不是一位暴君，」國王思量了一陣，說，「儘管有很多事實證明我在當時的猶豫和寬容是錯誤的。現在也是這樣，我感到自己的決定並不聰明。可是，你還是可以推遲一天。」

美狄亞獲得了希望的期限。她的思想裏充滿着狂妄和錯亂。她決定採取一個大膽的行動。計劃在她的腦海裏激烈地盤旋，不過，對實現這番計劃的可能性，連她自己也不敢相信。

可是，她還是事先作了一番嘗試，準備向她的丈夫指明過失。美狄亞走到他的面前，說：「你背叛了我，現在又締結了新的婚姻，把自己的孩子都拋棄不顧了。你要是沒有孩子，那我就應該原諒你，現在卻對你無法原諒。你難道以為從前聽你宣誓表示忠誠於愛情的神現在已經下台，不再過問事情了嗎？而且，你以為現在又有新法章，可以允許你虛立偽誓嗎？我現在問你，就好像你是我的朋友似的。你建議我到哪裏去落腳謀生？難道你想把我送回父親那裏？那是我背棄了他、殺害了他的兒子、卻只是為了愛你的地方，你忘掉了嗎？也許你還有另外一塊地方容我棲息。讓你的第一房妻子領着你的兒子在世界各地到處求乞，你一定會感到無限榮光！”

伊阿宋鐵石心腸。他答應給她和孩子一筆錢財，並答應給各地的朋友寫信。美狄亞鄙棄這一切。“去你的，你在鄙薄自己，”她說，“你將會慶祝一場痛苦的婚禮！”可是，在她離開丈夫的時候，她卻對剛才的一番講話感到後悔。原來她並不是改變了思想，而是擔心引起伊阿宋的懷疑。於是，她要求重新商談。

這一回，她卻改變了神色，說：“伊阿宋，請原諒我的話。盲目的憤怒引誘着我的感情，我現在明白了，你的一切努力都是為了我們的利益。我們被放逐到這裏，一無所有。你想通過一場新的婚姻為你、為你的孩子，最終也會為我謀求幸福。好吧，你可以接回自己的孩子，讓他們跟後來的弟弟妹妹們一起成長。我想，你們一定會生兒育女的。孩子們，過來吧！來，吻一下你們的父親，原諒他，就像我已經原諒了他一樣！”

伊阿宋深信不疑。他喜出望外，給美狄亞和孩子們開列了長長的一串禮單。美狄亞卻以更多的語言讓他陶醉在安全之中。她請求丈夫，讓孩子留在宮殿，她自己則願意獨自一個人從此離家出去。為了讓新夫人和國王容忍孩子，美狄亞又從自己的儲藏室裏取出許多貴重的金銀衣衫，交給伊阿宋，算是給新娘的禮物。伊阿宋思量了一會，便答應了。他派了一個僕人，將禮物給新娘送去。

當然，這些貴重的衣服上都浸透了魔法的威力。

美狄亞假惺惺地告辭了丈夫。出門以後她就一刻不停地等待着，她要知道這些禮物的效果。有一位可靠的僕人會把消息告訴她的。

僕人終於氣喘吁吁地奔了過來。他打老遠就喊叫起來："美狄亞，趕快上船，趕快逃走！你的女仇人和她的父親死了。當你的兒子和伊阿宋走進新娘房間時，我們這些下人都很高興，不和睦的根子終於去除了，這真是天理報應。事情是這樣的：國王的女兒看到你的丈夫時非常開心，然而看到孩子時卻又在臉上堆起了一層烏雲。她轉過臉去，不想搭理孩子。伊阿宋卻走上一步，安慰她。他也說了你的好話，還把禮物當場拿給她看。國王的女兒看到美麗的衣裳時頓時變換了一副神情。她答應丈夫，滿足他的一切要求。你的丈夫立即把兒子送到她的面前，她卻只是貪婪地看着首飾。她穿上金外套，又把金色的花環套在頭上，十分驕傲地在鏡子前上下打量。後來，她還手舞足蹈地穿過一間間房間，高興得像一位小姑娘在歡度節日。

"可是，她臉上的歡樂突然消失了。只見她四肢痙攣，搖搖晃晃地往後退縮着。她還沒有抓到椅子，就已經撲地一聲翻倒在地上，眼睛也完全翻白，嘴角邊堆出了一層層白沫。

"大家都驚住了。一部分僕人去找國王，另一部分人趕緊去喊她的未婚夫伊阿宋。突然，戴在頭上的金花環起火了，火苗燙烤得頭皮吱吱作響。等到國王悲愴萬分地趕到時，他只看到女兒的一具屍體完全變了形。絕望之際，國王一頭撲向女兒。可是女兒身上漂亮衣服的劇毒也結束了他的生命。

"可惜我不知道伊阿宋的情況怎麼樣了。"

僕人一口氣介紹完了當時的情景，只是美狄亞的復仇心理非但沒有得到滿足，相反卻搧動得更加熱烈，她完全成了一名復仇女神。她急忙奔出去，準備給她的丈夫和自己一個致命的打擊。她首先來到兒子的臥室，因為天已晚了。"我的心啊，你應該有所準備，"她自言自語地說，"還猶豫甚麼？它雖然醜惡，卻是萬分必要的。忘掉他們是你的孩子，忘掉你是生養他們的母親，只要在這一刻鐘內忘卻這一切！將來你可以為之痛哭一輩子！不是你殺害他們的，他們死在仇人的手上。"

伊阿宋也急忙趕回自己的家中，要為年輕的妻子向美狄亞報仇。正當他踏進房子的時候，聽到裏面傳來孩子們的慘叫聲，他們都倒在血泊之中。伊阿宋奔過去，看到他的兒子也像祭供的犧牲一樣被殺害了，美狄亞卻不在房裏。

伊阿宋絕望地離開了自己的家，聽到空中傳來陣陣聲響。伊阿宋抬起頭來，看到了可怕的殺人兇手。她好像乘坐一輛龍車，那是她用魔術變幻而來的寶物。

美狄亞升上天空，離開了她藉以復仇的人間舞台。伊阿宋無可奈何，無法懲罰美狄亞的暴行。絕望裏脅着他，謀殺阿布緒爾托斯的情景又歷歷在目。他沒有其他選擇，一頭撞死在自己的寶劍上，屍體正好倒在自己家的門檻當中。

大力士的功績

　　赫拉克勒斯是阿爾克墨涅的兒子。阿爾克墨涅是珀耳修斯的孫女，底比斯國王安菲特律翁的妻子。安菲特律翁也是珀耳修斯的孫子，泰林斯國王，只是後來離開了那個城市，移居底比斯。

　　宙斯的妻子赫拉對阿爾克墨涅當了丈夫的姘婦十分痛恨，對赫拉克勒斯自然也不會寵愛。相反，宙斯卻親自向眾神披露過，他的這位兒子前程無量，將有大作為。

　　阿爾克墨涅生下兒子以後，擔心兒子住在赫拉的宮殿裏不安全，於是將他擱在一個鋪了點稻草的籃裏，遷至另一去處。那去處在後世被稱為赫拉克勒斯之地。當然，如果不是一個神奇的偶然事故，這個孩子毫無疑問早已離開了人世。

　　那是有一回，雅典娜跟赫拉走到那地方。雅典娜看到孩子生得漂亮，十分喜愛。她憐憫孩子沒人哺乳，於是便動員赫拉解懷，給孩子送上神奶。沒料想孩子力大，在赫拉的懷裏，把赫拉的奶頭吮吸得十分疼痛。赫拉生了氣，把孩子扔在地上。

　　雅典娜同情地把孩子拾起來，帶回城裏，交給王后阿爾克墨涅，請她撫養這位可憐的棄兒。阿爾克墨涅一眼就認出了自己的兒子，高興地把孩子放進搖籃。由於害怕後母厲害，這位親生母親曾經強忍母愛的天性，拋棄了孩子。而後母呢，她在心內充滿了妒嫉的仇恨，必欲置孩子於死地而放心。不過，生母和後母都沒有想到，赫拉克勒斯奇蹟般地被拯救出來，避免了死亡。而且，儘管那一回吮吸赫拉奶時被摔在地上，可是這幾滴神奶卻使他脫離了凡胎。

女神洞察一切，赫拉很快就明白那個吃奶的孩子是誰，而且知道他現在又回到了宮殿。她十分後悔當時沒有下毒手報復孩子，於是立即派出兩條可怕的毒蛇，前去殺害孩子。

深夜，宮殿沉浸在甜蜜的酣睡之中。臥室裏的女傭和夢中的母親都沒有發現，兩條毒蛇已經從敞開的房門游了進來。牠們游上孩子的搖籃，開始盤繞孩子的脖子。孩子大叫一聲醒了過來。他抬起頭來，四面張望，只是感覺這項鏈緊得難受，於是便初試了他的神的力量：

他一隻手各抓住一條蛇的七寸不放。孩子略一使勁，竟然把兩條毒蛇捏得氣也喘不過來，死了。

阿爾克墨涅聽到孩子的驚叫，突然醒了。她打着赤腳，連忙奔了過來，衝向兩條大蛇，只見牠們筆直地垂掛在孩子的兩隻手上，早已被捏死了。底比斯的王室裏的侯爵們也全副武裝湧入臥室。國王安菲特律翁非常吃驚。他把孩子看作宙斯賜予的禮物，十分喜愛。聽到內室驚慌，他也連忙提了寶劍趕過來。當他聽說並看到事情的究竟時，他又驚又喜，為兒子竟有如此神力而自豪。他把這件事看作偉大的奇蹟預兆，令人找來底比斯的盲人占卜者提瑞西阿斯。

提瑞西阿斯當着大家的面預言孩子的未來，他說："孩子長大以後，將除卻多少多少的陸上妖怪，除卻若干若干的海中魔鬼；他將會如此地戰勝巨人，這般地歷

盡艱險；後來，他將會永享青春女神赫柏的愛情。"

國王安菲特律翁從盲人占卜者口中知道兒子具有極高的天賦，決心讓兒子享受應有的教育。各地英雄也紛紛聚攏過來，給年輕的赫拉克勒斯傳授種種本領。他的父親教他掌車的本領；俄卡利亞國王歐律托斯指導他拉弓射箭；哈耳珀律庫斯跟他操練角鬥和拳擊；刻莫爾庫斯教他彈琴唱歌；宙斯的孿生兒子卡斯托耳指導他全副武裝地在野外戰鬥；阿波羅的兒子，白髮蒼蒼的里諾斯教他讀書識字。

日復一日，年復一年，赫拉克勒斯長得又高大又強壯。他身長四庹，雙眼炯炯有神，猶如閃爍的炭火。他能騎會射，射箭時百發百中，揮舞的刀劍處處不離目標。等到十八歲時，赫拉克勒斯成了希臘國最英俊、最強壯的男子漢。他面臨着命運的挑戰，看這一身武藝和氣力到底是用來造福還是用來造孽。

正如人們知道的，希臘國那時候叢林密佈、沼澤遍野，到處是兇惡的猛獅、公豬以及其他的妖孽。因此，清除這類孽障，把希臘國從這類危害中解放出來，都成了自古以來無數英雄的偉大之舉。赫拉克勒斯也不例外，同樣面臨着艱巨的任務。當他聽說，在國王安菲特律翁的牧場基太隆山腳下，居住着一頭可怕的獅子時，年輕的英雄下定決心，準備為民除害。他全副武裝，登上了荒涼的山林地區，打死了獅子，剝下皮來披在自己的肩上，然後又把獅頭割下來當作頭盔。

等他打獵凱旋回來的時候，途中遇到了明葉國王埃爾吉諾斯派出的使者。他們要去向底比斯人收取年貢，而那是既不合理又讓人屈辱難堪的沉重負擔。赫拉克勒斯心懷忠誠，要為一切受壓迫的人鳴不平。他看到使者們濫施淫威，心中十分生氣，沒有幾個回合，便把使者們打翻在地。他把使者們捆綁起來，送回去見他們的國王。

埃爾吉諾斯勃然大怒。他要求底比斯國王交出打人兇手。而底比斯國王克瑞翁十分膽小，他準備滿足對方的願望。赫拉克勒斯動員了一批血氣方剛的青年，率領他們前往迎敵。可是，當時卻沒有一戶人家留有武器，那是因為明葉人收繳了全城的武器，藉以防止底比斯人滋長任何的抵抗意識。

雅典娜女神看到這一切。她把赫拉克勒斯召進神廟，用自己的武器將他武裝一新。神廟裏還掛着不少武器裝備，那是彪炳列祖列宗顯赫戰功的繳獲物件，後來又被祭獻給諸位神仙，一直掛在那裏。隨着赫拉克勒斯一同前來的青年們紛紛動手。他們全副武裝，又跟着赫拉克勒斯一起出征。他們只有小小的一隊人馬，而明葉人則是龐大的兵團，顯然是拿着雞蛋碰石頭。

沒料到兩支部隊狹路相逢，在一塊轉不過身子的谷地山猛之間擺開了戰場。明葉的士兵縱然人多勢眾，可是他們的兵力根本無法施展。埃爾吉諾斯無可奈何，他的部隊被徹底擊潰，他自己也戰死沙場。可是，安菲特律翁也在這場戰役中被打死了。戰爭結束以後，赫拉克勒斯迅速挺進奧耳肖楣諾斯，那是明葉人的首都。他穿城奪府，所向披靡，一把大火燒燬了王室城堡，將城市設施破壞殆盡。

希臘國十分欽佩他的奇特歷績。為表彰少年的豐功偉績，底比斯國王克瑞翁把女兒墨伽拉嫁給赫拉克勒斯。墨伽拉為英雄生下三個兒子。眾位神仙紛紛解囊，幫助這位半仙般的凡人。赫耳墨斯送給他一把劍，阿波羅贈給他一把弓，赫淮斯托斯帶來一隻金色的箭袋，雅典娜給他穿上嶄新的軍裝。可惜他的母親阿爾克墨涅卻重結婚姻，嫁給了法官拉達曼堤斯。

赫拉克勒斯受到眾神的熱情饋贈，心中感激不盡。不久，他就尋得了機會，準備報答他們的知遇之恩。

原來大地女神該亞給天空神烏拉諾斯生下一群巨人。這批巨人兒子臉面猙獰，雜亂的鬍鬚，長長的飄髮，身後拖着一根帶鱗的龍尾巴，就成了他們的腳。真是一批妖怪！母親唆使他們前去反對宙斯，因為宙斯當了世界新的主宰，把該亞從前生下的一群兒子，即諸位提坦巨人全部送入地獄塔耳塔洛斯。幾年以後，他們衝破了地府，又像春苗一樣撒佈在帖撒利的大地上。魔鬼出世，天地驚慌，日月減色，連福玻斯都掉轉了太陽車的行駛方向。

"去吧，孩子們，為了我，為了往昔的神之子去報仇，"大地之母平靜地説，"讓雄鷹啄食普羅米修斯的肝臟；提堤俄斯也應該受到懲罰，他竟敢伸出罪惡的手觸摸勒托的神體。宙斯用電閃擊中了他，他僵硬地平躺在地府的地板上。派去兩頭雄鷹，啄食他的肝臟！阿特拉斯必須肩扛天庭；提坦巨人必須一一地被捆綁起來。去吧，去報復，去拯救他們！你們應該使用我的肢體，那座高山峻嶺，用它作階梯，用它作武器！攀登上滿天星斗的城堡！阿耳克尤納宇斯，你去扯下暴君手中的權杖和閃電！恩克拉多斯，你去征服海洋，將波塞冬趕走！律杜斯前去奪下太陽神的那根韁繩，珀耳菲里翁去佔領特爾斐的神殿！"

巨人們聽到命令一陣歡呼，好像已經取得了勝利一樣。他們紛紛登上了帖撒利山，準備從那裏向天空發起衝擊。

再說專為神通風報信的彩虹女神伊里斯，她看到大事不好，便連忙召集眾位天神、水神以及地府的亡靈們，讓他們一起前來，共商對付的辦法。冥后珀耳塞福涅離開了陰森森的王國，而她的夫君，即沉默的國王也騎着畏光的駿馬爬上了金光閃閃的奧林匹斯神山。如同一座被包圍的城市，居民們從四面八方聚攏過來，準備保衛自己的城堡家園。眾神也聚集在奧林匹斯山上，形態各異，躍躍欲試。

"諸神，"宙斯召喚着說，"你們看到了，大地之母如何起勁並又惡毒地反對我們。大家起來進行戰鬥！她給我們派來多少個兒子，我們就要給她送回多少具屍體！"

神之父剛把話講完，天空中就響起了陣陣雷鳴聲。該亞積極響應，在下面掀起一陣轟隆隆的地震。大自然又像造物時一樣陷於一片混亂。巨人們拔掉一座又一座高山，把帖撒利的俄薩山，把佩利翁、俄塔、阿拖斯全部推倒。然後，他們又利用赫貝羅斯的一半源泉沖走了羅杜潑山。巨人們沿着山勢一步步地朝着眾神住地攀緣而上，把燃燒着的櫟木大棒和巍峨挺拔的大山抓在手上，武裝自己，開始向奧林匹斯山衝擊。

眾神得到一則神諭：如果沒有一名凡人參與戰鬥，那麼眾神則不能傷害前來侵犯的巨人。該亞聽到消息，急忙尋找一種方法，以保證自己的兒子們面對凡人不受傷害。天下果然有這樣一種讓人免受傷害的藥草。不料，宙斯捷足先登，他不讓朝霞、月亮和太陽露出光芒。正當該亞在黑暗中到處尋找藥草時，宙斯卻把藥草收割起來。他請雅典娜將藥草交給自己的兒子赫拉克勒斯，並要求兒子前往參戰。

奧林匹斯山上燃起了熊熊的戰火。戰神阿瑞斯端端正正地坐在戰車上，車前的駿馬高聲嘶鳴。他駕着馬車朝着密集的敵人衝了過去。阿瑞斯手執金盾，金盾閃閃發光，比火焰還要亮堂。他的頭盔也閃爍着光芒，在風中呼嘯作響。鏖戰時，他一槍刺穿了巨人珀洛羅斯。珀洛羅斯的兩隻腳實際上是兩條蠕動的活蛇。後來，戰神又駕着戰車在地上碾碎許多人的肢體。突然，他看到凡人赫拉克勒斯已經從下面爬到奧林匹斯山頂，阿瑞斯連忙吹着送出去三個靈魂。赫拉克勒斯在戰場上環顧四周，要為自己的弓箭尋找一個目標：他一箭把阿耳克尤納宇斯射翻在地，讓他沿着無底的深淵墜落下去。可是，等到他接觸到家鄉的土地時，他又生氣勃勃地站立了起來。

按照雅典娜的主意，赫拉克勒斯也追了下去。他把阿耳克尤納宇斯拖出了故國地界。可憐阿耳克尤納宇斯在異國他鄉還沒有站立起來，便已經呼地一聲斷了氣。

這時候，巨人珀耳菲里翁氣勢洶洶地朝赫拉克勒斯和赫拉猛撲過來，要跟他們決一死戰。宙斯看着這一切，立即讓巨人心裏產生一股仰望天空、觀看神的顏面的懸念。正當珀耳菲里翁撕扯赫拉面紗的時候，宙斯用炸雷擊中了他。赫拉克勒斯射出一箭，使他當場斃命。巨人的戰鬥行列裏又奔出了眼中直噴火花的埃菲阿耳忒斯。

"來得正是時候，他已經成為我們射箭的明靶。"赫拉克勒斯大笑着對身旁的福玻斯・阿波羅説。於是，阿波羅和半神一起動手，嗖嗖兩箭，埃菲阿耳忒斯頓時雙目失明。酒神狄俄尼索斯舉起酒神杖，將律杜斯打翻在地。赫淮斯托斯抖手扔出一把燒得通紅的鐵漿。一陣灼熱的鐵雨迎頭澆下，巨人刻呂提俄斯當場死於非命。

帕拉斯・雅典娜抓起西西里島，猛地朝着正在逃跑的恩克拉托斯砸過去，將他鎮壓在內。巨人波呂波特斯被波塞冬在大海上追趕得無處躲藏，一直逃到愛琴海的可斯島。波塞冬撕下海島的一角，將他埋在裏面。赫耳墨斯頭戴普路同的隱身帽，舉手打死了希波呂拖斯。另外兩個巨人也被命運女神的鐵棒砸得粉碎。宙斯大發神威。他用雷電把其他巨人全都打翻在地，赫拉克勒斯再用弓箭把他們一一射死。

戰鬥結束了，天神們十分稱道赫拉克勒斯的赫赫戰績。宙斯把眾神中參與戰鬥的一律稱作奧林匹斯人，藉以表彰有功之神。他把這一榮譽稱號也封賜給凡間女子為他生育的兩個兒子，即狄俄尼索斯和赫拉克勒斯。

在赫拉克勒斯出世之前，宙斯曾經在眾神會議上解釋説，從此以後，珀耳修斯的第一個孫子將成為珀氏後裔的主宰。他是想把這份榮譽交給自己和阿爾克墨涅所生的兒子。可是赫拉十分嫉妒。她不願意把這份幸福讓給自己丈夫的情婦，於是搶在前面施展詭計。她讓珀耳修斯的另一位孫子歐律斯透斯比赫拉克勒斯先行出世。因此，歐律斯透斯成了邁肯尼的國王，後來出生的赫拉克勒斯是他的臣屬。

國王擔憂地看到他的那位年輕的兄弟聲譽顯赫，於是便把他召喚過來，給他佈置了一大堆困難的任務。赫拉克勒斯不願服從。宙斯也不願意違背自己的聲明，於是命令兒子執行希臘國王的命令。赫拉克勒斯堅決不當凡人的奴僕，離開家來到特爾斐，占卜請問神諭。神諭昭示他說：歐律斯透斯騙取了王位，他將由於眾神的教誨而變得溫良謙和。赫拉克勒斯必須完成國王交給的十項任務。等到這些任務完成以後，他就可以掙得不老之身。

赫拉克勒斯深深地陷入悲哀之中。為一個微不足道的人服務，實在有悖於他的感情，似乎降低了他的身份。可是他卻不敢違背父親宙斯的旨意。赫拉利用這一時機，讓赫拉克勒斯心頭憂鬱變作野蠻的暴躁。儘管赫拉克勒斯為眾神立下了巨大的戰功，可是這不能消除她的心頭仇恨。赫拉克勒斯控制不了自己，甚至想要殺害可愛的姪子伊俄拉俄斯。姪子吃此一驚，連忙逃了出去。狂亂之中，赫拉克勒斯用箭射死了他和墨伽拉所生的孩子們，然後又把弓箭指向巨人。後來，他又從這樣的狂躁中解脫出來，不過那是很久以後的事。他看到自己闖下的大禍，陷入深深的悲哀和不幸。他閉門不出，避免見到任何人。流逝的時光撫平了他的心頭痛苦。他重新振作起來，決心去完成歐律斯透斯交給他的各項任務。

　　赫拉克勒斯經過種種努力，排除無數困難和障礙，完成了國王歐律斯透斯交給的各項任務，終於免除了國王對他的奴役，回到了底比斯。他由於在狂亂中殺害了自己跟妻子墨伽拉所生的幾個孩子，因此再也不能跟妻子一起生活了。後來，當他的愛姪伊俄拉俄斯表示願意娶墨伽拉為妻時，赫拉克勒斯點頭答應了。他自己則思量着想要重新娶一房妻室。他把愛情又移植到漂亮的伊俄斯身上。那是俄卡利亞國王歐律托斯的女兒，他們住在攸俾阿島。赫拉克勒斯小時候曾跟歐律托斯學習弓箭。

　　有一回，國王答應如果有人在弓箭上超過他和他的兒子，便可以娶他的女兒為妻。赫拉克勒斯聞訊後急忙趕到俄卡利亞，加入求婚者的行列。比賽中，他顯示了不愧為歐律托斯高足的弓藝，因為他不僅勝過了國王的兒子，而且還勝過了國王歐律托斯。國王極其隆重地接待了他。可是國王心中十分不安，他不得不想到墨伽拉的命運，所以為自己的女兒擔憂。為此，國王解釋着說，他必須為婚事再思考一段時間。這時候，歐律托斯的大兒子伊菲托斯跟赫拉克勒斯成了莫逆之交。他們同齡，因此他毫無妒意地極力建議父親，接納這位技藝超群的高貴客人。歐律托斯堅持自己的主張。赫拉克勒斯深感屈辱，離開了王宮，出外闖蕩，漂泊了很長時間。

　　一天，僕人來到國王歐律托斯面前，向他彙報說，有一個強盜潛入國王的牛群。那是奸詐而又狡猾的奧托呂科斯，他的偷竊本領聞名千里。可是惱怒的歐律托斯卻不相信地說："這不會是別人，一定是赫拉克勒斯。他是殺害自己孩子的劊子手。我不答應把女兒嫁給他，他就幹出了這樣卑鄙的報復勾當！"

伊菲托斯極力為他的朋友辯護。他熱情地勸說父親，說自己願意跟赫拉克勒斯一起去尋找被偷掉的牛。

原來，奧托呂科斯是赫拉克勒斯的摔跤教師。他是赫耳墨斯的兒子，又是欺騙和偷竊的能手。他住在珀耳那索斯山腳下。他的女兒安提克勒亞嫁給綺色佳島的國王拉厄耳忒斯，生下了名揚四海的兒子奧德修斯。當然，奧德修斯也繼承了外祖父的狡猾和詭計多端。

赫拉克勒斯看到伊菲托斯前來尋找自己，非常高興。他熱情地招待王子，答應一塊兒出去尋找被偷竊的牛。

最後，他們一無所獲地重新走了回來。當他們登上提任斯的城牆，準備察看丟失的牛時，不幸的狂妄意識又突然佔據了赫拉克勒斯的身心。身受赫拉的狂怒驅使，赫拉克勒斯居然把忠誠的朋友伊菲托斯看作是他父親的同謀。他狂暴地一使勁，把伊菲托斯從高高的提任斯城牆上推了下去。

儘管是在瘋狂發作的時候幹的事，但赫拉克勒斯畢竟親手從城牆上推下了伊菲托斯。這一場殺害人的罪孽如同一重債務，深深地壓在赫拉克勒斯的心頭。他懇求着從一個祭司轉到另一個祭司，希望洗滌自己的良心，可是大家都拒絕幫助他。後來，他找到了得伊福波斯。那是阿彌克勒的國王，國王同意為他洗滌罪行。

赫拉克勒斯恢復自由以後，立即動身前往特洛伊。他要征服那個暴虐而又剛愎自用的國王拉俄墨冬，那是特洛伊的締造者和統治者。赫拉克勒斯對他耿耿於懷。原來他在討伐亞馬孫人凱旋而歸的途中，勇敢地救出了被惡龍威脅着的國王女兒赫西俄涅。拉俄墨冬原先答應選送駿馬感謝搭救女兒的英雄，後來卻自食其言。赫拉克勒斯決定對他實施報復。他率領一批戰士，趕乘六艘大船。跟隨他一起去的有希臘國的著名英雄：珀琉斯、忒拉蒙和俄琉斯等。

赫拉克勒斯穿着獅皮來到忒拉蒙面前，看到他正在用膳。忒拉蒙連忙從桌旁站起身，給客人在金碗內倒了滿滿一碗美酒，叫他坐下，一起喝酒。赫拉克勒斯為朋友的熱情所感動，用手指着蒼天，祈禱說："父親宙斯，如果你願意施恩，願意聽從我的請求，那麼請賜給膝下無後的忒拉蒙一個勇敢的兒子。那是一個無敵的兒子，就像穿着尼密阿的獅皮的我一樣！"

赫拉克勒斯的話還沒有講完，宙斯給他送來一匹矯健的雄鷹。赫拉克勒斯興奮地喊叫起來："喂，忒拉蒙，你即將有一個兒子了，那是你朝思暮想的事！他矯健得猶如天空裏的雄鷹。孩子的名字就叫埃阿斯。"

說完他就坐下用膳。最後，他們聯合了其他英雄一起征伐特洛伊。到了特洛伊準備登陸的時候，他把看守船隻的任務交給俄琉斯，自己則率領着英雄們向特洛伊城進發。拉俄墨冬一看形勢緊張，急忙召集人員前來襲擊英雄們乘坐的船隻，並在戰鬥中殺害了俄琉斯。拉俄墨冬完成任務後正想撤退，發現已經被赫拉克勒斯的戰友們包圍住了。同時，他們又前往圍困城市。

忒拉蒙攻破了城池，一馬當先衝進了特洛伊城。在他後面的是赫拉克勒斯。大英雄一生中首次被人在戰鬥中超過了自己。他又氣又急，妒火中燒，於是拔出寶劍，想把走在前面的忒拉蒙砍翻在地。忒拉蒙正好回頭看到了這一情景。他猜出了赫拉克勒斯的意圖，便連忙彎下腰去，把近旁的磚石收攏過來堆成一堆。有人問他在這裏做甚麼時，他回答說："我為勝利者赫拉克勒斯在這裏建造一座祭壇！"這番回答讓大英雄感到十分慚愧，他們又一起戰鬥。赫拉克勒斯用弓箭射死了拉俄墨冬和他的兒子。拉俄墨冬的兒子中只有一人得以倖免。城池被佔領了。

赫拉不能讓赫拉克勒斯取得這場戰鬥的圓滿結局。從特洛伊回去的途中他們遇到了狂風暴雨。直到宙斯出面干涉，才阻止了赫拉的暴行。經過一番周折和征戰，赫拉克勒斯決定再去報復國王奧革阿斯。奧革阿斯自食其言，剋扣了應該給他的報酬。赫拉克勒斯攻佔了他的厄利斯城，把國王及其兒子們盡數殺死。後來，他把王國交給了菲洛宇斯。菲洛宇斯由於保持對赫拉克勒斯的友誼曾被驅逐出去。

取得這場征戰勝利以後，赫拉克勒斯舉辦了奧林匹克運動會。在運動會期間，連宙斯也變作人的模樣前來與赫拉克勒斯角逐比賽。他常常輸給自己的兒子。儘管如此，他還是衷心祝賀赫拉克勒斯，稱讚他是了不起的大力士。

殺父娶母的命運

底比斯國王拉布達科斯是卡德摩斯的後裔。他的兒子拉伊俄斯後來繼承王位，娶妻伊俄卡斯特，那是著名的底比斯人墨諾機斯的女兒。拉伊俄斯和伊俄卡斯特結婚後，很長時間內未曾生育。他渴望着能夠後繼有人，於是請教特爾斐的阿波羅神廟，為此得到了一則神諭："拉伊俄斯，拉布達科斯的兒子！你會有一個兒子的。可是你要知道，你命中注定，將喪命於你的親生兒子手上。這是克洛諾斯族人宙斯的命令。他聽信了珀羅普斯的詛咒，那是因為你搶奪了他的兒子。"

拉伊俄斯早在年輕的時候就被趕出故國家園。他在伯羅奔尼撒長大，住在國王珀羅普斯的宮殿裏，被當作客人一樣款待。後來，他卻恩將仇報，在尼密阿的賭博中拐騙了珀羅普修的兒子克律西波斯。克律西波斯是珀羅普斯跟女神阿刻西俄刻的私生子。他除了面貌漂亮以外，實在是個不幸的人。父親通過一場戰爭把他從拉伊俄斯手中救了出來，可是他的異母兄弟阿特柔斯和提厄斯忒斯受了母親希波達彌亞的唆使，把克律西波斯殘酷地殺害了。

拉伊俄斯知道自己的罪孽。他對神諭深信不疑，所以長期以來跟妻子分開住宿。可是深厚的愛情又讓他們難以抵擋，於是兩個人不顧命運的警告又同牀合被，住在一起。伊俄卡斯特終於給丈夫生下一個兒子。孩子出世的時候，父母親又想起了神諭的內容。為了阻止預言的實現，他們在孩子生下後三天，就命人用釘子將嬰兒雙腳刺穿，然後用索子捆綁起來，扔在喀泰戎荒山下。

執行這一殘酷命令的牧人可憐平白無辜的孩子，就把孩子交給另一位牧人，那是給科任托斯國王波呂玻斯在同一座山上趕放牧羊的人。執行命令的牧人回去後向國王和他的妻子伊俄卡斯特彙報，說任務已經完成。夫婦兩人相信孩子已經死掉，或者給野獸撕碎吃掉了，因此覺得神諭已經無法實驗。他們認為趕在兒子殺父以前就結束了孩子的生命，所以內心十分平靜。

國王波呂玻斯的牧人從被釘子刺穿的孩子腳上解開繩索。按照孩子腳上的傷口，他給孩子起了一個俄狄甫斯的名字，希臘語"腫腳"的意思。他把孩子帶到科任托斯，交給國王波呂玻斯。國王可憐這位棄兒，就把孩子交給妻子墨洛柏。墨洛柏對待他猶如親生的兒子。俄狄甫斯漸漸地長大，相信自己是國王波呂玻斯的兒子和繼承人，認為波呂玻斯除了他以外沒有別的孩子。

一場突然的事故使得他從信心的頂峰上跌到了絕望的深淵。有一位科任托斯人長期以來一直妒嫉他的特殊地位。他趁着一次宴會上喝醉了酒的機會，大聲地呼喊俄狄甫斯，說他不是他父親的兒子，俄狄甫斯深受刺激，幾乎不能等到宴會結束。不過，他還是努力隱瞞着自己絕望的心情。

第二天清晨，他來到父母面前，向他們打聽事情的原委。波呂玻斯和他的妻子對播弄是非的人很生氣，並想方設法地排解兒子的疑慮，然而卻沒有作出一個明確的回答。俄狄甫斯從語中聽出父親母親對自己的愛心。他雖然感動，可是難以相信的思想卻仍然咬食着自己的良心，因為那個人的話太使他悲哀傷心。最後，他悄悄地來到特爾斐神廟，希望神給他指點迷津，讓他對破壞名譽的誹謗能有一個答覆和交待。可是福玻斯·阿波羅沒有給他答覆，反而給他蒙加了一層新的、更為殘酷的不幸，給他造成了巨大的威脅。

"你將會，"神諭中說到，"殺害生父，娶生母為妻，給人們留下可鄙的後代。"

俄狄甫斯無比驚恐，因為他始終認為慈祥的波呂玻斯和墨洛柏是自己的生身父母。他再也不敢回到自己的家鄉去了。他害怕實現神諭的命運預言時，他會加害於父親波呂玻斯。另外，神一旦讓自己失掉理智，瘋狂地與母親墨洛柏結成夫婦，這是多麼可怕啊！他決定到俾俄喜阿去。他正在特爾斐到道里阿城的大路上急匆匆地走着，前面十字路口上迎面駛來一輛馬車，車上坐着一位陌生老人。老人身旁帶着一名使者，一名車把式，兩名僕人。

車把式看到對面窄路上來了一個人，便粗暴地趕他讓路。俄狄甫斯生性急躁，抬手給無禮的車把式就是一拳。車上的老人見到小伙子如此莽撞，便舉起兩面有鐵刺的大杖，給小伙子頭上重重地打了一記。俄狄甫斯怒不可遏，用隨身帶着的木棒掃了上去，把老人打落下車。大家立時格鬥起來，俄狄甫斯力敵三位進攻者。他因為年輕氣盛，不一會就取得了勝利。他把那夥人打倒在地，獨自走了。

他認為，他是因為緊急防衛才報復了那個卑鄙的俾俄喜阿人，而那個人一定是仗着人多勢眾企圖謀害他的生命，因為他遇到的那位老人並沒有顯赫的標誌。不料那位被俄狄甫斯打死的老人正是底比斯國王拉伊俄斯，他的生身父親。

到此為止，那則父親和兒子都已獲得的神諭，儘管他們雙方都想逃避它的實現，卻仍然悲慘地應驗了。

俄狄甫斯殺父事件過後不久，底比斯城門前又湧來了帶翼的妖怪斯芬克斯。從身前看，斯芬克斯像一位亭亭玉立的少女；從身後看她則像一頭虎虎生威的雄獅。她是堤豐和厄喀德娜的女兒。厄喀德娜是半人半蛇的女怪，生下許多妖怪般的兒女，如地獄之狗刻耳柏洛斯，勒那水蛇許德拉，口中噴吐火焰的喀邁拉等等。

斯芬克斯盤坐在一塊巨石上，對底比斯的居民提出各種各樣的謎語，猜不出謎語的人會被她撕碎，並吞吃掉。這件事就發生在全城都在哀悼他們的國王的時刻——他們不知道是誰——可是國王在旅途中被人打死了。現在執政的是王后伊俄卡斯特的兄弟克瑞翁。斯芬克斯的危害十分嚴重，連國王克瑞翁的兒子也難免其難。他猜不中謎底，被生吞活剝地吃掉了。克瑞翁迫於無奈，公開張貼告示，誰能解除城外的這個禍端，他願意把王國拱手相讓，並把姐姐伊俄卡斯特嫁給他作妻子。

告示剛剛貼出，俄狄甫斯帶着旅行木棍來到底比斯城。他看到城內有這般威脅和除害以後的刺激，便躍躍欲試。另外，由於有潛在而又可怕的神諭壓力，他也樂意冒生命之險。於是他來到山巖上，見到斯芬克斯盤坐在上面，便大膽地請她出題猜謎。斯芬克斯十分狡猾，想給陌生人一個永遠也難以猜出的謎語，只見她啟口説道：

"早晨四條腿，中午兩條腿，晚上三條腿。在一切造物中，只有他改動腿腳的數目；可是在他用腿最多的時候，肢體的力量和速度卻是最小。"

俄狄甫斯聽到這麼方便和容易的謎語，不禁微微一笑。

"你的謎底是一個人，"他回答説，"人在幼年，即生命的早晨，是一個氣力弱小的孩子，他用兩條腿和兩隻手在地上爬行；等他長大成人，進入生命的中午，毫無疑問只用兩條腿走路；後來，他終於年邁體衰，進入生命的黃昏，只好挂着一條栩杖幫着走路，好像三條腿一樣。"

謎語猜出來了，斯芬克斯羞愧難當。她猛然絕望地從山巖上跳下去，當場身亡。不過也有人説她被俄狄甫斯當場殺死。俄狄甫斯得到了國家和妻子伊俄卡斯特，她是前國王的遺孀。俄狄甫斯當然不知道這正是自己的生母。

婚後，伊俄卡斯特給俄狄甫斯生下四個兒女，起先的一對孿生兒子，厄忒俄克勒斯和波呂尼刻斯；後來一對女兒，姐姐安提戈涅，妹妹伊斯墨涅。這四位既是俄狄甫斯的兒女，又實在像是他的兄弟姐妹。

俄狄甫斯連自己也不知道已經犯了殺父娶母的天條，這一殘酷的秘密在很長時間內也無人知悉。他除了偶有失誤以外，還算一位善良、正直的國王。在伊俄卡斯特的輔佐下，他治理着底比斯，深得民眾的愛戴。

過了一段時間以後，神給這個地區降下了瘟疫。疾病流行，任何靈丹妙藥都失去了作用。底比斯人把這場可怕的災難看作神對他們的懲罰。他們自動集中到宮殿門前，尋找庇護。底比斯人相信他們的國王是神的寵兒，一定會有辦法的。祭司們手拿橄欖枝條，率領着男女老少到達王宮門前。他們沿着神壇的台階坐了下來，等待着國王出來。

俄狄甫斯步出城堡，問城內為何香煙繚繞，怨聲震天。一位老年祭司回答説："陛下，你親眼看到，我們面臨怎樣的磨難：瘟疫流行，牧場和田地裏乾旱難熬。我們忍受不住這番折磨，前來找你，請求幫助。你曾經從殘酷的猜謎女子手上把我們解放出來，這一定是得到了神的幫助，所以我們信任你，你一定能夠拯救我們渡過難關。"

"可憐的人們，"俄狄甫斯回答説，"我明白你們懇請的原因，我知道你們的苦難。沒有人比我更關心這些情況了。我不僅關心着具體的某個人，而且關心着整個城市的命運！我思考來，思考去，相信我已經找到了一個解決的辦法。我把內弟克瑞翁派到特爾斐，前去尋找知悉玄妙的阿波羅，請他回答，到底怎樣做才能解救這座城市。"

國王正在講話的時候，克瑞翁已經回來了。他當着男女老少的面向國王彙報神諭的內容。這神諭並不讓人感到安慰，它說：

"神的命令，把王國裏收留的一位罪孽之徒驅逐出去。否則，你們永遠擺脫不了苦難的懲罰，因為謀殺國王拉伊俄斯將成為一筆巨大的血債壓在城市的上空。"

俄狄甫斯一點也不知實情，希望把殺害國王的事講述一遍，並且嚴正聲明說，一定要親自過問這一樁殺人案件，最後才解散了集中起來的居民。

俄狄甫斯當即在全國發佈命令，凡是知曉殺害拉伊俄斯的人，必須立即前來報告。如果知情不報，或者意欲窩藏同夥，以後一律不得參加祭祀神靈，不得出席祭祀宴會，也不准再跟居民有任何來往。最後，他立下重誓，詛咒殺人兇手必須承受一切痛苦和折磨——即使他隱藏在王宮裏也難逃重責。此外，他又派出兩位使者前去請盲人占卜者提瑞西阿斯。提瑞西阿斯對隱秘事物能夠看得清清楚楚，簡直不亞於占卜的阿波羅本人。

提瑞西阿斯由一名男孩牽着過來，到了居民和國王面前。俄狄甫斯把心中的憂慮告訴了他，說這不僅像一座山一樣壓在他心頭，還使得全國人民挺不起腰桿。他請提瑞西阿斯運用神秘的觀察威力，幫助大家找出謀殺國王的兇手。

沒料到提瑞西阿斯發出一聲驚叫，朝國王伸出雙手，推辭着說："知識給懂得知識的人帶來殺身之禍，這是多麼可怕啊！國王，讓我回去吧！你承擔你的命運，讓我承擔我的命運吧！"

俄狄甫斯更加要求他顯示本領，而圍着他的居民們則紛紛跪在他的面前，可是他仍然不肯回答。俄狄甫斯心中大怒，正色指責提瑞西阿斯知情不報，説他莫非就是殺害拉伊俄斯的兇手。國王的指責鬆開了提瑞西阿斯緊咬的牙關。"俄狄甫斯，"他説，"你説出了對自己的判決。你用不着指責我，也別指責居民中的任何人。你自己正是禍害整個城市的元兇！你是殺害國王的兇手，又是你跟自己的母親生活在傷天害理的婚姻之中。"

俄狄甫斯對此全然不加理睬，嘲笑盲人是騙人魔術師，詭計多端的流氓。另外，他又懷疑自己的妻弟克瑞翁，埋怨他們兩人玩弄陰謀。提瑞西阿斯不住口地稱他是殺父親的劊子手和娶母親的丈夫，預言他即將面臨的災難。説完，他憤怒地讓男孩牽着離開了國王。克瑞翁也激烈地指責俄狄甫斯。兩個人唇槍舌劍，各不相讓。伊俄卡斯特無論怎樣勸説也只能枉費口舌。克瑞翁氣憤難平，決心與俄狄甫斯勢不兩立，於是拂袖而去，離開了俄狄甫斯。

伊俄卡斯特比她的國王丈夫更加盲目。"看吧，"她大聲叫喚着，"這位占卜的盲人所説的事是多麼的糊塗啊？就拿這件事為例吧！我的第一個丈夫拉伊俄斯也得到過一則神諭，説他將會死在自己兒子的手上。事實呢？拉伊俄斯被強盜打死在十字路口上。而我們唯一的兒子早就綁住雙腳，扔在荒山野嶺上，可惜他出世還沒有三天就已經死了。"

　　這一番嘲諷着講的話對俄狄甫斯卻別有震動，王后對此根本估計不到。"在十字路口？"他高度緊張地問道，"拉伊俄斯死在十字路口嗎？告訴我，他是甚麼模樣，他有多大年齡？"

　　"他的個子很高大，"伊俄卡斯特回答說，她不明白丈夫為甚麼激動，"頭上開始有一些白髮。在外貌上，我的夫君，跟你也非常相像。"

　　"啊！提瑞西阿斯並不是瞎子，提瑞西阿斯是個心明眼亮的人！"俄狄甫斯驚恐地大聲說。他那靈魂的黑夜如同被一道閃電照亮了。然而，可怖的歷史促使他仍然進一步去探討，似乎他會得出一個新的結論，藉以證明這一令人毛骨悚然的結果原來是一場誤會一樣。可是一切細節都相符。最後他聽說當時曾有一名僕人逃命回來彙報凶訊。而那位僕人早先看到俄狄甫斯坐在王位上的時候，便連忙懇請讓他離開城市，回到國王的牧場上去。俄狄甫斯想親自盤問他，便命人去鄉村把僕人召喚回來。僕人還沒有來到的時候，科任托斯的使者卻搶先到了宮殿。他向俄狄甫斯彙報父親波呂玻斯逝世的消息，召請他回去繼承王位。

　　聽到這個喜訊，王后又得意起來："尊貴的神諭啊！你們都到哪兒去了？俄狄甫斯應該殺死的父親現在卻因為年邁而去世了啊！"

　　不過，這一消息給俄狄甫斯又是另外一種效果。他雖然樂意承認波呂玻斯是他的父親，可是他不能理解，一則神諭怎麼會毫無靈驗呢？再說他也不願意回到科任托斯去，因為那裏還有母親墨洛柏。而神諭的另一半內容，說他將會娶母親為妻，尚未得到應驗。科任托斯過來的使者卻打消了他的這番疑慮，原來他正是許多年以前，從拉伊俄斯的僕人手中接過孩子的另一位牧人。他告訴俄狄甫斯，說他雖然繼承王位，可他只是科任托斯國王波呂玻斯的養子。俄狄甫斯又追問把他送給科任托斯人的那位牧人在哪裏。底下人告訴他，那個人正是在打死拉伊俄斯現場中逃出來的僕人。

王后伊俄卡斯特把這一切聽得明明白白。突然，她離開了丈夫，離開了聚集宮殿的市民。

那位年老的牧人從遙遠的地方被召喚過來了。科任托斯使者馬上認出了他。可是老牧人嚇得面如土色，想否認一切，說他甚麼都不知道。直到盛怒的俄狄甫斯加以威脅，他才大着膽子，終於說出了真相：

俄狄甫斯是國王拉伊俄斯和王后伊俄卡斯特的兒子。他將會殺死父親的那個可怕的神諭，可惜已成為現實；而且，他還會娶母親為妻，也已經在殘酷的朗朗乾坤下不能逆轉。

一切懷疑都消除了！恐怖的事實揭曉了！俄狄甫斯狂叫一聲，衝出人群。他在宮殿裏到處奔走，尋找寶劍。他要從地球上除掉那個妖怪，她既是自己的母親，又是自己的妻子。見到他的人早就讓開了，他只得又尋到自己的臥室，踢開了緊鎖着的兩道門，衝了進去。眼前是一副陰森森的悲慘景象：

他看到伊俄卡斯特散亂的頭髮，她在牀的上方已

經懸樑自盡了。俄狄甫斯久久地盯着死者，然後大叫一聲，嗚咽着走上前去。他解開繃緊拉直的繩子，把伊俄卡斯特的屍體放在地面上，又從妻子衣服上撕下了漆成金色的胸針。他用右手把胸針高高地舉起，詛咒自己的眼睛竟然看到這樣一幅景象，然後用胸針刺穿了自己的兩隻眼球。他願意在全體居民面前承認自己是殺父兇手，是娶母的丈夫，是天的詛咒，地的妖孽。

底比斯人並不嫌棄這位他們從前熱愛和尊敬的國王，反而對他表示衷心的同情，連他的妻弟克瑞翁也放棄前嫌趕了過來，把這位災難重重的男人引進內室。心神破碎的俄狄甫斯大受感動，把王位交給妻弟克瑞翁，讓他代替自己兩位年幼的兒子執掌王權。此外他又請求為他不幸的母親建造一座墳墓。他還把無人照應的女兒交給新國王。至於自己，他希望大家把他趕出國家，因為他以雙重罪孽玷污了這塊土地。他說自己應該被燒死在喀泰戎山頂上，那裏有父母親為他指定的墳墓。而他現在是生是死，一切皆由神作數，由天決定了。

七雄攻打底比斯

　　亞各斯國王阿德拉斯托斯是塔拉俄斯的兒子。他自己生有五個孩子，其中兩個漂亮的女兒，名叫阿爾琪珂和得伊皮勒。關於女兒們的命運他曾經得到一則奇怪的神諭：父親會將女兒嫁給一頭獅子和一頭公豬作妻子。國王思來想去，不知道這句莫測高深的話有何意義。等到姑娘長大成人以後，他願意把姑娘嫁人，使得十分令人擔憂的神諭根本無法實現。

　　有一天，兩個逃難的人同時到達亞各斯城門前，請求避難。他們是波呂尼刻斯和堤丟斯。底比斯的波呂尼刻斯被他的兄弟趕出家園。堤丟斯是俄紐斯和珀里玻亞的兒子，墨勒阿革洛斯和得伊阿尼拉的繼兄弟。得伊阿尼拉是赫拉克勒斯的妻子。堤丟斯在圍獵時不經意地傷害了一位親戚，便從卡呂冬逃了出來。

　　兩個逃難的人在亞各斯的宮殿門口相遇了。夜色朦朧，他們各自都把對方當作敵人，於是相互間格鬥起來。阿德拉斯托斯聽到門外武器的撞擊聲，便出來分開了正在激戰的兩位勇士。等他看到兩位格鬥的英雄站在自己左右手下時，不禁大吃一驚。他看到波呂尼刻斯的盾牌上畫着一隻威武的獅子腦袋，而在堤丟斯的盾牌上是一隻勇猛的公豬頭。波呂尼刻斯用這個圖形紀念赫拉克勒斯，另一位則是紀念卡呂冬圍獵野豬並藉以紀念墨勒阿革洛斯。

　　阿德拉斯托斯現在理解了神諭的曲折含意，便把兩個逃難的英雄招為駙馬。波呂尼刻斯娶了大女兒阿爾琪珂，小女兒得伊皮勒嫁給堤丟斯。國王同時又莊重地答應兩位嬌客，幫助他們征服原先屬於父親的王國。

首先決定攻打底比斯。阿德拉斯托斯召集了各方英雄。這裏有七路人馬。他自己當然也是一方，共同率領七支部隊。七路諸侯的名字為阿德拉斯托斯，波呂尼刻斯，堤丟斯，安菲阿拉俄斯，卡帕紐斯，最後，還有兩兄弟，希波邁冬和帕耳忒諾派俄斯。其中安菲阿拉俄斯是阿德拉斯托斯的姻兄，卡帕紐斯是他的姪子。安菲阿拉俄斯以前曾是國王的仇敵，他有未卜先知的本領，知道這場征戰的結局悲慘。他反覆勸說國王阿德拉斯托斯和其他的英雄們放棄這場戰爭。可是各種努力均告失敗，他只得找了一塊隱蔽的地方躲了起來，閉門不出。那個地方只有他的妻子厄里費勒，即國王阿德拉斯托斯的姐姐知道。

英雄們到處打聽，可是找不到他。國王阿德拉斯托斯卻不敢少了他相陪左右，因為他把安菲阿拉俄斯看作是整個軍隊的眼睛，所以他也不敢貿然出征。

波呂尼刻斯逃離底比斯時曾經帶出一根項鏈和一方面紗。兩件著名的災難禮物，是女神阿佛洛狄忒送給哈耳摩尼亞與卡德摩斯舉行婚禮的賀禮。卡德摩斯是底比斯城的締造者，而戴上這份禮物的人就會慘遭厄運。它們已經使得哈耳摩尼亞、酒神巴克科斯的母親塞墨勒以及伊俄卡斯特都遭受了滅頂之災。最後，它們又轉落在波呂尼刻斯的妻子阿爾琪珂手上。波呂尼刻斯嘗試着用項鏈賄賂厄里費勒，要她說出藏匿丈夫的地方。

　　厄里費勒早就垂涎這根項鏈。那是陌生人送給姪女的首飾。當她看到閃閃發光的寶石、黃金胸針時，她實在抵制不了這股巨大的誘惑。她叫上波呂尼刻斯跟在自己身後，將他一直帶到安菲阿拉俄斯的秘密藏身之處。安菲阿拉俄斯的確不敢恭維未來的那場征戰。不過，他從前曾答應阿德拉斯托斯，遇到有任何爭議的問題時，一切由妻子厄里費勒作主。為此，他才能夠娶了阿德拉斯托斯的姐姐為妻。現在妻子帶人尋了過來，安菲阿拉俄斯只得召集武士，披掛上陣。可是，他在出發前正式把兒子阿爾克邁翁叫到跟前，莊重地叮囑他，要兒子在他死後千萬別忘了向不忠誠的母親報仇雪恨。

　　不久，阿德拉斯托斯組建了一支強大的部隊，分成七個縱隊，由七位英雄分別統領。大家滿懷希望，浩浩蕩蕩地離開了亞各斯。部隊晝夜兼程。沒過多久，亞各斯的士兵就來到底比斯城下。戰爭的序幕即將拉開！

　　城裏也在緊張地行動。厄忒俄克勒斯和他的舅父克瑞翁作好了一切艱苦的準備。他對集合起來的居民們動員說："你們應該想想對祖國和城市的責任。你們，無論是青年還是壯年，都應該起來為城市而戰，保衛家鄉的神的祭壇！保衛你們的父親，母親，妻子兒女和你們腳下的自由的土地！佔領戰壕，拿起武器，站到塔樓上去！仔細地監視每一條通道，別害怕城外有多少敵人！城外有我們的耳目。我相信他們會給我們帶來確切的消息。我將根據他們的情報決定行動。"

這時候，安提戈涅也站在宮殿城牆的最高雉堞上。旁邊站着一位老人，他還是從前替祖父拉伊俄斯肩扛武器的人。父親去世後，安提戈涅在雅典國王忒修斯庇護下生活，不久就帶着伊斯墨涅回到了往昔父親統治的城市。克瑞翁和她的兄長厄忒俄克勒斯張開雙臂歡迎他們。他們把安提戈涅當作一個自投羅網的人質，一個受到歡迎的仲裁人。

她看到城外的平地上，沿着伊斯墨諾斯河岸，在聞名於世的古泉狄爾刻的周圍駐紮着強大的敵人。軍隊在不斷地運動，到處閃爍着金屬盔甲和武器的冷光。步兵和騎兵吶喊着蜂擁而來，把一座城池圍困得鐵桶一般。

安提戈涅不禁倒吸一口冷氣。老人卻在一旁安慰她說："我們的城池高大厚實。我們的櫟木城門配製着大鐵栓。城內安全可靠，勇敢的士兵決心與城牆共存亡，所以用不着擔心。"然後，他又把前來圍城的各路英雄的情況向姑娘作了介紹和敍述："那邊戴着閃亮頭盔的人就是希波邁冬——再過去，右邊的那一位，穿一身陌生的戰衣，看上去像半個野蠻人似的就是堤丟斯，他是你哥哥的姻親。"

"那個人是誰？"姑娘問道，"那位年輕的英雄？"

"那是帕耳忒諾派俄斯，"老人告訴她說，"阿塔蘭忒的兒子。阿塔蘭忒是月亮和狩獵女神阿耳忒彌斯的女友。可是你看那裏兩個英雄，他們站在尼俄柏女兒的墳旁。年齡大的是阿德拉斯托斯，這支討伐部隊的總督。而那位年輕的，你認識他嗎？"

"我看到了，"安提戈涅心顫得疼痛，"我只看到他的胸脯和輪廓，可是我認出他了：這是我的兄長波呂尼刻斯！呵，但願我能騰雲駕霧飛到他的身旁，擁抱他的頸項！可是那個駕駛一輛白色車子的人是誰呢？"

"他是預言家安菲阿拉俄斯。"老人說。

"可是你看到那個在牆上走來走去的人了嗎？他測量着，並且非常仔細地打聽着可以讓部隊穿過的地方。那是誰呀？"

"這是驕橫不可一世的卡帕紐斯。他在嘲笑我們的城市，說要把你們，所有的姑娘，帶去勒那澤國當奴隸。"

聽到這樣的講話，安提戈涅嚇得面如土色。她轉過身子，不敢往下看了。老人伸出手，牽着她，一步一步地走了下去。

克瑞翁與厄忒俄克勒斯運籌帷幄，商量對策。他們分派七位首領把守底比斯的七座城門。可是在戰爭開始以前，他們也想探詢一下鳥兒占卜的預兆。底比斯城內生活着早在俄狄甫斯時代就十分有名的預言高手提瑞西阿斯。他是奧宇埃尼斯和女仙卡里克多的兒子，可惜從小就被女神雅典娜降災瞎了雙眼。母親卡里克多再三央求女友開恩，恢復孩子的視力，可這個要求超出了雅典娜的權限。不過雅典娜讓孩子有了更加敏銳的聽覺。年長日久，孩子能夠聽懂各類鳥兒的聲音。從這時起，他成了鳥兒占卜者。

提瑞西阿斯年事已高。克瑞翁派他的小兒子墨諾扣斯去接他，將他領到宮殿中來。老人在女兒曼托和墨諾扣斯的攙扶下，顫顫巍巍地來到克瑞翁面前。國王要求他説出過往鳥兒議論底比斯城命運的話。提瑞西阿斯沉默良久，終於悲傷地説："俄狄甫斯的兒子對父親犯下了沉重的罪孽，給底比斯帶來巨大的災難；亞各斯人和卡德摩斯族人將會自相殘殺；兩個兒子慘死對方手下；為了挽救城市，只有一個辦法。可是我卻不能告訴你們，再見！"

說完話，提瑞西阿斯轉身要走。可是克瑞翁不斷央求，直到他留下為止。"你真的想要聽嗎？"占卜者聲音嚴厲地説，"那就聽着，可是我先告訴你，你的兒子墨諾扣斯在哪裏？是他剛才把我引到這裏來的。"

"他就在你的身旁！"克瑞翁回答説。

"那請他趕緊逃離這裏吧，越快越好！"老人説。

"為甚麼？"克瑞翁連忙問，"墨諾扣斯是他父親的兒子，必要的話他可以一聲不吭。可是如果他知道有甚麼辦法可以拯救我們，他一定會非常高興的。"

"你們還是聽着，看我從過往鳥兒的聲音中知道為甚麼吧！"提瑞西阿斯説，"幸運是會降臨的，可是有一座沉重的門檻。龍牙種子中最年輕的一顆必須倒落。只有在這種條件下，勝利才能是你們的！"

"天哪！"克瑞翁喊叫起來，"你的話究竟是甚麼意思？"

"卡德摩斯的最小的孩子必須獻出他的生命，整個城市才能獲得拯救。"

"你要我的兒子墨諾扣斯去死嗎？"國王憤怒地跳

精選希臘神話

英雄傳説

了起來，"滾你的吧！我不需要你的占卜和預言！"

"如果事實帶給你災難，難道它就不成其為事實了嗎？"提瑞西阿斯嚴肅地問道。直到這時，克瑞翁才知道事情的嚴重。他撲倒在提瑞西阿斯的跟前，抱住他的膝蓋，請求這位盲人占卜者，收回已經出口的話，盲人卻絲毫不為所動。"要求是不可逆轉的，"他說，"狄爾刻泉澤從前曾是妖龍藏匿的地方，他必須用自己的血澆奠死神。這樣，大地才能成為你們的朋友。這位大地女神從前曾讓龍齒冒出地面，後來交給了卡德摩斯。現在，小孩為他的城市作出犧牲，他將成為全城的救星。你自己選擇吧，克瑞翁，看你究竟願意哪一種命運。"

占卜的人說完話，又讓他的女兒牽着手離開了。克瑞翁一聲不吭，久久地站立着。最後，他終於驚恐地喊叫起來："我多麼願意親自去為我的祖國去死啊！可是你，我的孩子，我能犧牲得起嗎？逃走吧，我的孩子，逃得越遠越好。離開這座可詛咒的城市，穿過特爾斐、挨陀利亞，一直到多度那神廟，躲在神廟的佑護下！"

"行，"墨諾扣斯眼中閃爍着光芒，他應聲回答，"我一定不會迷路的。"

克瑞翁這才放心，又去指揮作戰了。男孩卻突然跪在地上，虔誠地向着神明禱告："原諒我吧，你們在天的聖潔之靈，我用錯誤的語言安慰了我的父親，因此說了謊。如果我真的背叛了祖國，那我該是多麼可鄙和膽怯啊！請聽我的誓言吧：在天之神，仁慈地收下我的一片真心！我願意用死來拯救我的祖國！我願從城牆上跳進又深又暗的龍穴。正如預言中說的一樣，我要用我的犧牲解脫祖國的災難。"

說完，男孩高興地跳了起來，朝雉堞走去。他站在城牆的最高處，一眼就看到了對方陣營的分佈。墨諾扣斯神色莊重地詛咒他們，希望他們儘快地滅亡。然後，他抽出一把貼身的寶劍，朝自己身上抹了一把，並立即從高處栽倒下去。墨諾扣斯跌得粉身碎骨。他平靜地躺在狄爾刻泉源的岸旁。

墨諾扣斯作出了犧牲，神諭實現了。

克瑞翁忍住了巨大的悲傷。厄忒俄克勒斯指揮七位首領把守七座城門，使得容易遭受進攻的地方處處有人守衛。亞各斯人也開始了進攻。攻打和防守底比斯城的戰爭開始了。

戰歌嘹亮，雙方部隊同時吹起了戰號。女獵手阿塔蘭忒的兒子帕耳忒諾派俄斯一馬當先。他率領部隊帶着盾牌攻打第一座城門。盾牌上畫着他的母親英武的神像，表現母親用飛箭征服挨陀利亞野豬的場面；具有先知預言本領的安菲阿拉俄斯衝到第二座城門下。他在戰車上裝着祭供的牲口。盾牌上樸實無華，沒有任何圖案和色彩；希波邁冬攻打第三座城門。他的盾牌上畫着百眼巨人阿耳戈斯，巨人在看守被赫拉變成母牛的伊俄姑娘；堤丟斯率領部隊攻打第四座城門。他在盾牌上畫着一張蓬亂的獅皮，而在右手野蠻地揮舞着一盞火把；被趕下台的國王波呂尼刻斯指揮攻打第五座城門。他的盾牌上畫着憤怒直立的車前駿馬；

卡帕紐斯帶領士兵來到第六座城門下。他甚至敢於和神阿瑞斯試比高下。他的盾牌上畫着一位頂天立地的巨人，巨人把城池從根基上掀翻，扛在自己的肩膀上；最後，也就是第七座城門前站着阿德拉斯托斯，亞各斯人的國王。他的盾牌上畫着百條巨蛇，蛇口裏銜着底比斯的兒童，可見用心良苦。

當雙方士兵逐漸接近的時候，他們首先投扔一氣，然後又對射飛箭，舞弄長矛。第一次圍攻被底比斯人打敗了，亞各斯人急忙後撤。堤丟斯和波呂尼刻斯大聲命令，"步兵、騎兵、戰車等通力合作，分小股攻擊城門！"命令傳遍了部隊。亞各斯人重振旗鼓，又加大力度開始進攻，可是不久又失敗了。進攻者在防守者腳下的城門前碰得頭破血流，一排排地倒在城牆腳下，死了。

這時候，亞加狄亞人帕耳忒諾派俄斯如旋風一般衝向城門。他大聲呼喊拿火和斧子，準備砸開城門。底比斯人珀里刻律邁諾斯坐鎮城門。他觀察着對方的動靜，命令把鐵製的胸牆拉開一點，正好容得下一輛戰車進出，然後猛地砸下去，帕耳忒諾派俄斯慘死城下。第四座城門前堤丟斯氣惱得如同一條妖龍。他的頭在飛轉的頭盔下搖動着，盾牌發出嗷嗷的戰鬥聲。堤丟斯用右手揮舞長矛，朝着最高的城牆衝了過來。底比斯人見他來勢兇猛，嚇得幾乎逃離城門。正在關鍵時刻，厄忒俄克勒斯來到門口。他召集了士兵，帶領大家重新登上雉堞，然後又逐個城門檢查過去，碰上了咆哮如雷的卡帕紐斯。卡帕紐斯扛來了一架高大的梯子，氣勢洶洶地吹噓，即使是宙斯的閃電也不能阻擋他徹底攻陷固若金湯的城池。他把梯子靠在牆上，架着盾牌作保護，不管上面的投石如雨，勇猛地攀登上去。宙斯這時親自動手，前來懲罰他的膽大妄為。卡帕紐斯攀登城牆快要成功了，天上落下炸雷。霹靂聲震得地動山搖，卡帕紐斯肢體飛散，着火的頭髮衝着藍天熊熊燃燒。

國王阿德拉斯托斯從這些預兆中看出，宙斯是反對他們攻城意圖的。他帶領自己的士兵退出戰壕，組織他們撤退。底比斯人或駕車，或步行，衝出了城門。他們感謝宙斯降給的福旨。步兵們衝入對方步兵陣營，戰車撞着戰車，底比斯人大獲全勝。他們直到把敵人追趕很遠以後才班師回城。

攻打底比斯的戰鬥結束了。當克瑞翁和厄忒俄克勒斯率領隊伍退回城市以後，亞各斯的士兵重新聚集起來，圍在城前。

厄忒俄克勒斯作出一項重大的決定，派出一名使者前往城外亞各斯的兵營，請求罷兵息戰。亞各斯的部隊又重重地困住了底比斯城。厄忒俄克勒斯站在城堡的頂端，面對着雙方的士兵，大聲地說："亞各斯的士兵們，你們遠道而來；還有底比斯人，你們根本用不着一邊為波呂尼刻斯，一邊為我，即他的兄弟丟卻自己的生命！讓我自己親自前來接受戰鬥的危險，與我的兄長波呂尼刻斯決一死戰，分個高低。如果我把他殺掉，那麼我就留在底比斯的王位上；如果我敗在他的手下，那麼國王的權杖就應該歸屬於他。你們亞各斯人應該回到自己的國土去，別在異國他鄉的城池前，作無謂的流血犧牲。”

波呂尼刻斯頓時從亞各斯人的行列裏跳了出來，朝着城牆大聲呼喊，願意接受兄弟的挑戰。兩方面士兵歡聲雷動，雙方簽訂協議。各自的首領相互宣誓，表示堅決照此辦理。

決定命運的戰鬥開始之前，兩邊的占卜者都忙碌地祭供犧牲，藉以標誌戰鬥是從祭祀的火焰中開始的。他們獲得的預兆也是模糊不清的，好像雙方都是勝利者，又都是失敗者。波呂尼刻斯懇切地舉起雙手，轉過頭，看着遠方的亞各斯國土，祈禱説：“赫拉女神，亞各斯的女君主，我在你的國土上娶妻，在你的國土上生活。保佑你的居民取得戰鬥的勝利吧！”

厄忒俄克勒斯也回到底比斯城內雅典娜的神廟，乞求着説：“啊，宙斯的女兒，保佑我舞動的長矛一直取得最後的勝利！”

他的話音剛落，戰鬥的號角吹響了。兄弟倆野蠻地衝到一起，同室操戈，進行了一番殘酷的血戰。長矛挑動着，呼嘯着從身旁穿來穿去，撞擊着盾牌，鏗鏘有聲。後來，他們又把飛鏢朝對方猛力投擲過去。因為雙方的盾牌都很堅固，所以各自的武器都很難奏效。一旁觀看的士兵們緊張得汗水直流，汗水把視線都擋住了。最後，厄忒俄克勒斯控制不住自己了。原來他在拼刺時看到路上攔着塊石頭。他想用右腳把石頭踢到一邊去，無意中卻把腿腳暴露在盾牌之外。波呂尼刻斯挺起長矛衝了過來，一槍刺中厄忒俄克勒斯的脛骨。

亞各斯士兵一片歡呼，認為戰局已定。可是受傷

的一方始終保持着清醒的神智。他看到對方肩膀上光滑滑的沒有遮攔，便飛出一鏢，正好打中。厄忒俄克勒斯立即退後幾步，抓起石頭，把波呂尼刻斯的長矛砸得粉碎。

戰局不分上下，雙方的投擲武器都被剝奪了。他們趕緊抽出寶劍，又刀光劍影地飛舞起來。盾牌相擊，一片殺聲。厄忒俄克勒斯突然想起另一路攻擊的辦法，那是他在帖撒利國學的防身絕招。他突然改變自己的攻擊姿勢，把左腳往後收攏，擋住下半部身子，然後伸出右腳。波呂尼刻斯還沒有反應過來，他的臂部已經被刺了一劍。利劍直達肚腹，他疼痛難熬，彎着身子退到一旁，終於忍不住地倒在地上，血流如注。

厄忒俄克勒斯眼看着勝券在握，丟下寶劍，向垂死的敵人彎下腰去。波呂尼刻斯雖然跌倒在地，卻仍然緊抓劍柄不放。他看着厄忒俄克勒斯彎腰過來，便拼足全力，將寶劍直刺過去，一直刺透兄弟的肝臟。厄忒俄克勒斯彎下腰，重重地倒在垂死的哥哥身旁。

父親俄狄甫斯的詛咒可惜被徹底地實現了。

底比斯的七座城門統統打開。女人和僕人們衝了出來，圍着他們國王的屍體放聲大哭。安提戈涅撲倒在兄長波呂尼刻斯的屍體上。厄忒俄克勒斯很快就嚥氣了，他只是從絕望呼喚的胸膛裏發出一聲低沉的歎息。波呂尼刻斯卻仍在喘氣，朝着妹妹轉過臉來，眼

睛逐漸模糊地看着妹妹，説："我該如何感歎你的命運，妹妹，還包括已死弟弟的厄運！他從我的朋友成為我的敵人，直到臨死我才感到我是愛他的！親愛的妹妹，把我埋葬在自己的家鄉，請求憤怒的家鄉原諒我，至少滿足我的這一遺願。"

說完話，他就死在妹妹的懷抱裏。這時候，人群中傳來一聲大叫。底比斯人認為他們的主人厄忒俄克勒斯取得了勝利，對面的敵人認為波呂尼刻斯取得了勝利。爭執之際，大家又要拿起武器動武。原來，剛才兄弟決戰時，底比斯人排着隊，井然有序，拿着武器在一旁觀看。亞各斯人則不然，他們放下武器，以為自己必勝無疑，於是站立一旁，呐喊助威。底比斯人突然朝亞各斯人衝了過來。亞各斯人還來不及撿拾武器，抵擋不住，潰散逃跑。底比斯人趁勝追殺，直殺得血流成河。投扔出去的飛鏢橫掃逃跑的士兵，成百上千的士兵一排排地倒了下去。

亞各斯人逃跑的時候出了一件怪事。底比斯英雄珀里刻律邁諾斯把預言家安菲阿拉俄斯一直追趕到伊斯墨諾斯河岸。河水高漲，擋住了駕着馬車逃命人的去路。底比斯人接踵而至。絕望之中，安菲阿拉俄斯命令駕車的士兵趕着馬車下河探路。可是，他還沒有下水，追兵已經到了河邊，伸出的長矛錚光閃亮，威勢嚇人。宙斯把這一切都看在眼裏，他不願意讓他的預言人死在逃跑的途中，於是抖手一道閃電，把土地劈開。裂開的泥縫猶如漆黑的地獄，正在探路的馬車嘟的一聲掉落下去。安菲阿拉俄斯連同他的夥伴全都消失不見了。

不一會兒，底比斯城的周圍恢復了平靜。勇敢的英雄希波邁冬和強大的堤丟斯雙雙陣亡。底比斯人收拾了陣亡人的盾牌，把它們集中起來，連同其他的戰利品一起裝運上車。他們高高興興地勝利回城。

俄狄甫斯一族中，只剩下伊斯墨涅倖免於難了。據神話傳說，她始終沒有結婚，沒有孩子。等到她死了，這一不幸的族第也就最後熄滅了煙火。

在圍困底比斯的七位英雄中，只有國王阿德拉斯托斯逃脱了不幸的衝擊和最後的戰役。那是他的神馬烏睢阿里翁救了他的一條生命。他幸運地回到了雅典，在神壇旁懇求避難，希望雅典人大發慈悲，幫助他討回在底比斯城下喪身的諸路英雄和士兵，要給他們隆重安葬。

雅典人聽取了他的願望，忒修斯親自率兵出征。底比斯人只得掩埋了那些陣亡的冤魂屈鬼。阿德拉斯托斯給陣亡的英雄設立了七座柴堆，並為紀念阿波羅舉辦了一次賽馬。當點燃卡帕紐斯的柴堆時，他的妻子奧宇阿特納突然躍身撲入火堆，跟丈夫一起燒成灰燼。被大地吞食了的安菲阿拉俄斯的屍體始終未有下落。國王十分悲痛不能親自為朋友送葬。“從此以後，”他說，“我失掉了軍隊的一隻眼睛。他是勇敢的戰士，又是超人的預言家，一身兩職。”

等到隆重的安葬儀式過後，阿德拉斯托斯在底比斯城前，給報應女神涅墨西斯造了一座神廟，然後帶着他的聯盟弟兄雅典人，重新離開了那片地方。

希臘神話與歐洲文明

　　希臘是歐洲的文明古國，希臘神話是古希臘民族關於神和英雄的故事總匯。它將現實生活與幻想交織在一起，創造了一個包羅萬象的瑰麗世界，許多神話如普羅米修斯盜天火、伊阿宋取金羊皮、特洛伊戰爭等已經成為家喻戶曉的故事。希臘神話因其較完整的體系和獨特的文學魅力而流傳久遠，對整個西方乃至人類的宗教、哲學、風俗習慣、自然科學、文學藝術等產生了全面深刻的影響。

　　希臘神話作為一塊肥沃的西方文化園地，成為詩歌、戲劇、繪畫和雕塑等取之不竭的豐沛泉源。可以説，西方的作家、藝術家幾乎無一例外地從希臘神話中汲取創作的靈感和素材，每一本重要的西方經典文藝作品幾乎都涉及希臘神話中的人物和情節，有些甚至直接取材於希臘神話。

　　聞名遐邇的希臘三大悲劇詩人埃斯庫羅斯、索福克勒斯和歐里庇得斯流傳下來的三十二部作品中有三十一部是以希臘神話為題材的。用武力征服了希臘的古羅馬帝國，卻被希臘文學所折服，古羅馬詩人常常取材於希臘神話。維吉爾的《埃涅阿斯紀》、奧維德的《變形記》和賀拉斯的《歌集》等都引用希臘羅馬神話。希臘文化通過羅馬輸入歐洲，從文藝復興時期開始，詩人、文學家都紛紛用神話故事為創作素材。莎士比亞曾運用希臘神話作題材寫了悲劇《特洛伊羅斯與克瑞西達》和長詩《維納斯與阿多尼斯》。彌爾頓的《科瑪斯》詩篇不長，卻提到了三十多個希臘神話人物與故事。雪萊的《阿波羅頌》、《潘之歌》，濟慈的《致普緒刻》，至今仍是膾炙人口的歌頌神話人物的美麗詩歌。還有葉芝、梅斯菲爾德、福斯特、魏爾德等都運用神話題材進行創作，賦予了古老的神話以新的生命。

　　希臘神話對西方文明的影響並不僅僅停留在文學領域。在藝術方面，希臘神話入畫的故事不勝枚舉。文藝復興時期，米開朗琪羅、拉斐爾、達芬奇等大師運用神話主題作的畫已經成為不朽巨作；在建築方面，有遠近聞名的底比斯城、特洛伊城、帕特農神廟和克里特迷宮；在心理學方面，弗洛伊德借用誤犯殺父娶母罪的俄狄甫斯王的故事創造了俄狄甫斯情結一詞。

　　不僅如此，希臘神話流傳極廣，影響深遠，滲透到了生活的各個方面，許多國際知名品牌都與希臘神話有着密切的關聯。如意大利服裝名牌"范思哲"的品牌標誌就是希臘神話中的蛇髮女妖墨杜薩（Medusa），代表着致命的美的吸引力和瀕臨毀滅的強烈震懾力。體育運動品牌"耐克"則來源於希臘神話中的勝利女神（Nike），她帶有翅膀，擁有驚人的速度，象徵着戰爭的勝利和競技體育領域中的成功。還有知名女鞋品牌"達芙妮"取材於為躲避太陽神阿波羅的追求而變成月桂樹的美麗率真的河神之女達芙妮（Daphne），以希臘神話中眾神居住的奧林匹斯山（Olympus）而命名的高科技品牌"奧林巴斯"等等。甚至連科技發明的命名都有取諸神話故事的，如阿波羅登月計劃、波塞冬號潛水艇……

　　有些希臘神話中的人名、地名和典故早已進入日常生活，成為婦孺皆知的常用語，如特洛伊的木馬、潘多拉的盒子、不和的蘋果、阿喀琉斯的腳跟等等，它們不僅豐富了英語語言詞彙，同時也蘊含着深刻的哲理，給人以智慧與啟迪。

趣味重温（2）

一、你明白嗎？

1. 神之間也有派系的鬥爭，以宙斯為代表的奧林匹斯諸神與提坦巨人曾進行了一場惡戰，請參閱"赫拉克勒斯與巨人之戰"一章，來補充這場神之間的戰爭。

   a. 諸神與巨人戰爭的原因是 （　　）

   b. 此次戰爭的主戰場是在 （　　）

   c. 唯一參戰的凡人是 （　　）

   d. 此次戰爭的最終結果是 （　　）

2. 女神阿佛洛狄忒送給底比斯城的締造者兩件著名的災難禮物，分別是（　　）和（　　）。在亞格斯人征戰底比斯城前夕，波呂尼刻斯用（　　）賄賂厄里費勒，使她說出丈夫的藏匿之地。

   a. 寶石　　　　b. 項鏈　　　　c. 胸針　　　　d. 面紗　　　　e. 金蘋果

3. 底比斯城的著名盲人占卜者是（　　）

   a. 提瑞西阿斯　　　b. 俄狄甫斯　　　c. 安菲阿拉俄斯　　　d. 荷馬

4. 希臘神話中出現了許多本領高強的著名妖怪，你能找出牠們相對應的名稱嗎？

蛇髮女妖・	・斯芬克斯
地獄之狗・	・喀邁拉
獅身人面獸・	・許德拉
噴火猛獸・	・刻耳柏洛斯
百頭巨龍・	・墨杜薩
九頭蛇怪・	・拉冬

二、想深一層

1. 美狄亞為伊阿宋做了許多事情，由最初的癡心幫助到最後進行瘋狂報復，試將她所做的事情按序排列，並體驗一下她由愛轉恨的心路轉變歷程。　　　　　　　　　　　　　　　　　　　　　（　　）

   a. 設計殺掉伊阿宋的叔父珀利阿斯

   b. 和伊阿宋逃出科爾喀斯王國

   c. 設計殺死伊阿宋的新妻子和自己的兒子

   d. 制服阻攔歸路的巨人塔洛斯

   e. 設計殺死了弟弟阿布緒耳托斯

   f. 送給伊阿宋神油，告訴他殺死巨人的方法

   g. 催眠巨龍，搶出金羊皮

2. 赫拉為甚麼派兩條毒蛇去殺害年幼的赫拉克勒斯？　　（　　）

   a. 赫拉克勒斯是她情敵的兒子

   b. 赫拉克勒斯深得宙斯的寵愛

   c. 赫拉克勒斯在她哺乳時弄傷了她

   d. 赫拉克勒斯長大以後將成就非凡

3. 赫拉克勒斯為甚麼會臣服於凡人歐律斯透斯？　　　　（　　）

   a. 因為天后赫拉的詭計

   b. 因為是父親宙斯的旨意

   c. 為了掙得不老之身

   d. 為了彌補他錯殺孩子的罪孽

4. 安菲阿拉俄斯為甚麼不願意參加對底比斯的征戰？　　　（　　）
   a. 他認為這是一次非正義的戰爭
   b. 他預見到這場征戰將會以失敗告終
   c. 他不願意讓自己的王國捲入戰火
   d. 他對妻子的不忠非常憤怒不願援手

5. 亞各斯人攻打底比斯的七座城門時，每個征戰的首領都帶着一個盾牌，從盾牌上的圖案可以看出他們不同的性格，請從框內找出各人相對應的個性特徵。

> 野蠻　　憤怒　　樸實　　忠誠　　英武　　殘暴　　狂妄　　善良

a. 帕耳忒諾派俄斯　　盾牌上畫着他母親用飛箭征服野豬
　　　　　　　　　　的英武場面　　　　　　　　　　　（　　）
b. 安菲阿拉俄斯　　　盾牌上樸實無華，沒有任何圖案和色彩（　　）
c. 希波邁冬　　　　　盾牌上畫着奉命看守伊娥的百眼
　　　　　　　　　　巨人阿耳戈斯　　　　　　　　　　（　　）
d. 堤丟斯　　　　　　盾牌上畫着一張蓬亂的獅皮　　　　（　　）
e. 波呂尼刻斯　　　　盾牌上畫着憤怒直立的車前駿馬　　（　　）
f. 卡帕紐斯　　　　　盾牌上畫着一位把城池掀翻的頂天
　　　　　　　　　　立地的巨人　　　　　　　　　　　（　　）
g. 阿德拉斯托斯　　　盾牌上畫着百條銜着底比斯兒童的巨蛇（　　）

三、延伸思考

1. 為了逃避殺父娶母的神諭，俄狄甫斯和他的父母採取了許多措施，但最終還是不能逃脫悲慘的結局。你認為冥冥中是否真有命運的主宰？如果存在宿命之說，那麼人能不能戰勝宿命呢？

2. 希臘神話對西方社會生活影響十分密切，近年來出現了許多以希臘神話改編而成的影視劇本，你看過哪幾部？你認為希臘神話對東方社會有影響嗎？在你身邊，有沒有與希臘神話有關的實例？

參考答案

趣味重溫（1）

一、你明白嗎？

　1. 赫淮斯托斯、雅典娜、赫耳墨斯、阿佛洛狄忒、災難

　2. b、e、d、f

　3. abd

　4.
智慧女神	阿佛洛狄忒
海洋女神	得墨忒爾
農林女神	阿耳忒彌斯
魔術女神	忒提斯
愛與美的女神	喀耳刻
月亮與狩獵女神	雅典娜

二、想深一層

　1. a. 嬌慣不成熟　　　　　b. 靈魂在地球上遊蕩

　　 c. 粗暴頑固　　　　　　d. 進入冥府

　　 e. 高尚正義　　　　　　f. 極樂海島

　　 g. 墮落，惡毒　　　　　g. 喪身大洪水

　2. d

　3. d-e-b-f-a-c

　4. a. 勇敢　　　b. 公正　　　c. 衝動急暴

三、延伸思考（此部分不設答案，可自由回答）

趣味重溫（2）

一、你明白嗎？

　1. a. 宙斯將提坦巨人送入地獄　　　b. 奧林匹斯山

　　 c. 赫拉克勒斯　　　　　　　　　d. 巨人被殺死，奧林匹斯神獲勝

　2. b、d、b

3. a

4.

蛇髮女妖　　　斯芬克斯
地獄之狗　　　喀邁拉
獅身人面獸　　許德拉
噴火猛獸　　　刻耳柏洛斯
百頭巨龍　　　墨杜薩
九頭蛇怪　　　拉冬

二、想深一層

1. f-g-b-e-d-a-c

2. a

3. b

4. b

5. a. 英武　　b. 樸實　　c. 忠誠　　d. 野蠻

　　e. 憤怒　　f. 狂妄　　g. 殘暴

三、延伸思考（此部分不設答案，可自由回答）